かえり花

お江戸甘味処　谷中はつねや

倉阪鬼一郎

幻冬舎時代小説文庫

かえり花
お江戸甘味処　谷中はつねや

目次

第一章　路地ののれん

一

感応寺《かんのうじ》の五重塔のほうから、風に乗って、ひとひらの花びらが流れてきた。

すでに葉桜だ。花見客の波が引いた谷中の通りは静かだった。

ほんの八年ほど前までは、感応寺で富突《とみつき》（現在の宝くじ）が行われるたびに大勢の客が詰めかけていた。目黒不動《めぐろふどう》、湯島天神《ゆしまてんじん》と並ぶ「江戸の三富」として、広く世に知られていた。

だが……。

老中水野忠邦《みずのただくに》が強引に推し進めた天保《てんぽう》の改革により、富興業は禁止になってしまった。天保十三年（一八四二）の三月のことだ。ひと頃は富突の客を目当てにした茶屋が立ち並び、とりどりの簪《かんざし》を挿した娘たちが互いに妍《けん》を競っていたものだが、そういう華やかさはすっかり翳った。

そんな嘉永《かえい》三年（一八五〇）の早春、感応寺の門前町の一角に、新たな見世が控えめなのれんを出した。

見過ごされそうな路地に出された鶯色ののれんには、太からぬ品のいい文字が染め抜かれていた。

それは、こう読み取ることができた。

甘味処　はつねや

二

「はいはい、いい子だからね」

子をあやす声が響いた。

声の主は、はつねやのおかみのおはつだった。

ただでさえ客の入りが芳しくない。谷中の路地にのれんを出してからというもの、さえない売り上げばかりだ。

はつねやが見世びらきをして、まだ二月しか経っていないが、まことに前途は多難だった。

亭主の音松《おとまつ》とともに甘味処を開くことは、すでに去年の正月から決まっていた。上野黒門町《うえのくろもんちょう》の老舗《しにせ》の菓子屋、花月堂音吉《かげつどうおときち》で修業を積んだ若者は、「音」の一字をもらって音松と名を改めた。十一の丁稚奉公からちょうど十年の修業だった。

おはつも花月堂ゆかりの娘だ。もっとも、見世の血縁ではない。売り場に立ったり、菓子をつくったりしていたわけでもない。

おはつは外回りの振り売りだった。寒い時分は大福餅、暑い季節は白玉入りの甘い冷やし汁粉、よく通る売り声を響かせながらあきなう。

振り売りをいくたりも抱え、背に引札（広告）を縫いつけてあきなわせるのは、花月堂の創業者の音吉の発案だった。

上野黒門町
御菓子司　花月堂

そんな目立つ引札が背についていれば、おのずと目立つ。振り売りが小町娘ならなおさらのことだ。

さまざまな菓子ばかりでなく、新手《あらて》のあきないも思いつく才覚に音吉は恵まれていた。

おはつの父の勘平《かんぺい》も花月堂の振り売りだった。

すらりと背が高く、容子《ようす》が良くて売り声がよく通る。錦絵にも描かれたほどの勘平の大福餅や白玉水は飛ぶように売れた。

娘からよく付け文をもらったようだが、勘平の好みはそのような浮《うわ》ついたことをしない落ち着いた娘だった。やがておしづという薬種問屋の末娘と縁が生まれ、若い二人は夫婦《めおと》になった。当時の砂糖は薬種問屋が扱っていた。花月堂の使いとして問屋を訪れた勘平が見初めた恋女房だった。

若い夫婦のあいだには、ややあって子が生まれた。初めての子ゆえ、娘にはおはつと名づけた。

こうして順風満帆の暮らしだったが、おはつが物心つくかつかぬかのころ、悲しい出来事が起きた。

父の勘平がはやり病に罹り、ほんの少し床に就いただけで、いともあっけなくあの世へ行ってしまったのだ。

残されたおしづの悲しみは深かった。しかし、いつまでも泣いてばかりはいられない。幼いおはつを育てていかなければならないのだ。

情の厚い花月堂からは見舞い金が出た。袋貼りなどの内職の世話もしてもらった。長屋の片隅で、親子は肩を寄せ合ってつましく暮らした。

おはつは父の顔をおぼろげに憶えている。言い方を変えれば、おぼろげにしか憶えていない。

目も鼻も口も、そして表情も、思い出そうとするたびにわずかに違う。それが懐かしくも悲しかった。

声もかろうじて憶えていた。

「気張ってやりな」

若くして亡くなった父の勘平は言った。

どういう話の流れで言ったのか分からない。おそらく母のおしづに言ったのだろうが、くわしくは憶えていないそうだ。

それでも、おはつの心の底には、その言葉がしっかりとこびりついていた。

「気張ってやりな」

それは父が遺してくれた、たった一つの情のこもった言葉だった。

おはつは忘れまいとした。

「気張ってやりな」

その声音を思い出すたびに、若くして亡くなった父はよみがえってくる。人は死んでも、あとに残された人々の心の中で生きる。

母のおしづも、おはつも気張って生きた。

勘平が振り売りを受け持っていた花月堂との縁はさらに続いた。内職で細々と暮らしを支えてきたおしづは、あるおり、菓子の木型をつくる職人の仕事があることを知った。年季の要る仕事だが、やりがいがあるらしい。

花月堂の番頭さんからその話を聞いたおしづは、これだ、と思った。日がな一日、じっと座って鑿《のみ》をふるいつづける根気の要る仕事だが、少ないながらも女の職人もいるらしい。

木型に色のついた粉や餡などを入れ、ぎゅっと押しを入れると、鶴や亀や鳥や花などをかたどった菓子ができあがる。押しものの菓子だ。

食べるのが惜しくなるほど鮮やかな押しものをつくるためには、木型がどうしても入り用だった。

天地左右、いずれも逆さまに彫らねばならないから難しい。根津《ねづ》の親方のもとでのおしづの修業は長く続いたが、苦労の甲斐あって、かつて勘平が世話になった花月堂に木型を納めるまでの腕前になった。

こうして女手一つで育てられたおはつは、べつのかたちで花月堂に関わるようになった。おはつの思いはまっすぐだった。父と同じ、花月堂の振り売りになるのだ。

口下手で振り売りには向かないが、根気の要る木型の職人としては一人前になったおしづとはあべこべに、おはつは物おじしない性分だった。声も出れば、笑みも浮かぶから、振り売りには向いている。

母にその望みを告げると、案じながらも喜んでくれた。娘振り売りには良からぬ男が声をかけてきたりするから心配だが、亡き父の跡を継ぎたいというわが子の気持ちがうれしかった。

花月堂のあるじ、三代目の音吉におしづは相談を持ちかけた。いかにも老舗らしく、花月堂の当主は代々同じ「音吉」を名乗る。のれん分けする弟子には音の一字を与えるのが習わしとなっていた。

三代目の音吉と勘平は仲が良かった。その早世を、花月堂のあるじもいたく惜しんでいた。

父の跡を継いで花月堂の振り売りになりたいというおはつの志を聞いて、三代目の音吉は思わず目頭を熱くした。思いが通じた。話はただちに決まり、あるじ自ら熱心に指導をした。

こうして町に出るようになったおはつは、たちまち人気の娘振り売りになった。大福餅や冷やし汁粉を売るだけではもったいないから、花月堂の見世にも立たせた。明るいおはつは客にかわいがられ、見世の売り上げも伸びた。

そのうち、一つの縁が結ばれた。

菓子職人として花月堂で修業をしていた竹松《たけまつ》という若者と恋仲になったのだ。

竹松は田端《たばた》村の生まれだ。七人きょうだいの三男で、上の二人の兄、正太郎《しょうたろう》と梅次郎《うめじろう》は田畑を耕して暮らしている。父の正作《しょうさく》も達者だ。

米ばかりでなく、正作は甘藷《かんしょ》づくりも手がけていた。このところ砂糖の値はようやく落ち着いてきたが、久しく高嶺の花で、上物《じようもの》の和三盆《わさんぼん》などにはなかなか手が届かない。

　そこで、砂糖の代わりに甘藷から甘みを抽出し、菓子などに使おうとする者が出た。花月堂ではむろん和三盆を最上とする砂糖も使っていたが、良い甘藷を育て、自前の甘みを得る試みも続けていた。そんなわけで、正作の三男の竹松は幼い頃から花月堂のあるじや番頭の顔を知っていた。

　そんな竹松が菓子職人を志したのは、わりかた自然な成り行きだった。父が育てた甘藷を引き取るとき、花月堂の使いが見世の菓子を持ってきてくれることが折にふれてあった。そのとろけるような甘みに、幼い竹松はいたく感じ入っていた。

　こうして花月堂で修業を始めた竹松は、懸命に励んで腕を上げ、一人前の菓子職人になった。それとともに、おはつとの縁が生まれた。

　竹松はまだ若い職人だが、もうのれん分けをしてもやっていける腕前だ。花月堂のあるじは、この機に夫婦になり、やがて二人で力を合わせて新たな見世を開けばどうかと水を向けた。

　好き合っていた二人にとっては、実にありがたい話だった。

一昨年、竹松とおはつは簡単な祝言を挙げ、花月堂の近くの長屋で一緒に暮らしはじめた。

新たに出す見世の場所も決まった。おはつの母のおしづは、いまも根津の親方のもとへ通って木型を彫っている。根津に近い谷中の感応寺門前に手づるがあったので、そこで見世を開くことになった。

ただし、花月堂を名乗るのはいささかのれんが重すぎる。そこで、おはつの「はつ」とおめでたい鶯の初音を響かせ、新たな見世の名は「はつねや」とした。

こうして話は前から決まっていたのだが、早くも子を授かったため、見世びらきはだいぶ先送りとなった。まずは子を産むことが大事だ。

おはつは無事、昨年の五月に子を産んだ。生まれてきた娘には、これから先、波に乗れるようにという願いをこめておなみと名づけた。

見世びらきと子育てが同時では荷が重かろうと案じる向きもあったが、「音」の一字を襲って名を改めた音松とおはつは、絵図面どおり谷中にはつねやを開くことにした。

しかし……。

花月堂の面々から祝福されて開いた見世の船出は、順風満帆とはいかなかった。

三

「よし、抱っこしてやろう」

音松が手を伸ばした。

「お菓子づくりはいいの？」

おはつが問う。

「つくっても売れ残るだけだからな」

音松は苦笑いを浮かべた。

「いきなり雪で出鼻をくじかれて、それからもいろいろあったから」

あいまいな顔つきで言うと、おはつは気を取り直すように娘の顔を見た。

「はい、おとうのとこへ行っておいで」

おなみはもう生まれて十か月だから、だいぶ大きくなった。

機嫌のいいときは見世の壁につかまり立ちをして笑顔を見せる。しかし、いまはいささか機嫌が悪いようだ。

せっかくの見世びらきだったのに、大雪で出鼻をくじかれてしまった。江戸ではおおよそ十年ぶりの大雪で、しばらくは雪かきばかりだった。

しかも、路地のはつねやが前の雪を表へ運んで捨てたところ、表通りに見世を構えている伊勢屋《いせや》という菓子屋のあるじとおかみにえらい剣幕で叱られてしまった。

やむなく、音松はかいた雪を遠くまで運ぶことになった。

「よし、大きくなったな。あんまりぐずるんじゃないぞ」

娘を抱っこしてゆすりながら、音松は言った。

「このところはさすがになくなったけど、大きな声で夜泣きしたら伊勢屋のおかみさんにねじこまれたこともあったから」

おはつが言う。

「赤子は泣くのがつとめみたいなもんだがな」

と、音松。

「富突がなくなって、前みたいな羽ぶりじゃなくなったところへ、うちみたいな新参者が見世を出したもんだから、そりゃいい顔はされないだろうけど」

おはつが少しあいまいな表情で言った。

「表に置き看板を出すのも駄目だって言われたからな」

音松は苦笑いを浮かべた。

路地で分かりにくいから、相談をして置き看板を出すことになった。

御菓子はつねや　ここ入る

分かりやすいそんな置き看板を出そうとしたのだが、伊勢屋から「邪魔になるからしまえ」とまたえらい剣幕でねじこまれてしまった。

伊勢屋のあるじは丑太郎《うしたろう》、おかみはおさだ。客にはにこやかだが、はつねやの二人には常に険のある顔を向ける。

「まあ、でも、伊勢屋さんに意地悪をされたのはうちだけじゃないみたいだし、ここでやっていくことに決めたんだから」

半ばはおのれに言い聞かせるように、おはつが言った。

「少ないながらも、二度、三度と買ってくださるお客さんも出てきたところだからな。……おとうは気張るぞ」

音松がそう言うと、おなみはやっと機嫌を直してかすかに笑った。

四

おなみを寝かしつけてほどなく、一人の男がのれんをくぐってきた。

「いらっしゃいまし」

おはつは勢いこんで声をかけたが、客ではなかった。

「悪いね、お客じゃなくて」

そう言ったのは、花月堂の番頭の喜作《きさく》だった。

「ああ、これは番頭さん、ご苦労さまでございます」

音松が頭を下げた。

「ちょっとかけさせてもらうよ」

喜作は座敷の上がり口に腰を下ろした。

座敷には、はつねやにちなんだ鶯色の座布団が二枚置かれている。座れるのは二人だけだが、お茶を呑みながら見世の菓子を味わうことができる。お茶はどこの品がいいか、いろいろと舌だめしをして駿河《するが》の上物を仕入れた。上手にいれる稽古もした。冬は冷えるから火鉢も置いた。しかし、肝心の客が座ったことはまだほとんどなかった。

「何か召し上がりますか。若鮎がだいぶ売れ残っておりますが」

音松が言った。

「なら、一つもらいましょう。ここの若鮎はおいしいのにね」

喜作は残念そうに言った。

「一度召し上がっていただいた方は、またお見えになったりするんですが」

おはつもややあいまいな顔つきで言った。

「だったら、そういうお客さまを一人一人大切にして、地道にやっていくしかないね」

花月堂の番頭は笑みを浮かべた。

「そうですね」

おはつがうなずく。

「ところで、今日はおしづさんのところへ行ってきたんだよ」

喜作はそう言って、風呂敷包みをかざした。

「おっかさんの木型ですか？」

おはつの表情がにわかに晴れた。

「そうだよ。ちょいと見てごらん」

喜作は包みを解いた。

茶と菓子の支度をしながら、音松も覗きこむ。

「ほら、これだ」

花月堂の番頭が木型を示した。

「まあ、これは……」

おはつは続けざまに瞬きをした。

「ただの亀じゃないんだよ」

喜作は得意げに言った。

「二匹の亀が向かい合って一緒になってるんですね」

型は上下左右が逆になるが、その形はすぐ察しがついた。

「そのとおり。『双亀《そうき》』という新たな型だよ。詰将棋に双玉《そうぎょく》という趣向があって、そこから旦那さまが思いついたんだ」

番頭が明かした。

「旦那さまは将棋がお強いですからね。以前、軽くひねられたことがあります」

音松が言った。

三代目音吉はなかなかに多才で、俳諧や書画の心得もある。菓子の案をひねりだすためには、心にさまざまな仕込みをしておかねばならない。その教えを音松も守っているつもりだった。

「双玉っていうのは、王様が向かい合ってるの？」

おはつが音松にたずねた。

「そうだよ。相手の王様の利きもあるから、なおさら詰将棋が難しくなるんだ。

……はい、あがったよ」

音松はお茶を湯呑みに注いだ。

おはつが盆に載せ、菓子の皿とともに運ぶ。

「お待たせいたしました」

「おお、来たね」

喜作が笑みを浮かべた。

「舌だめしをお願いいたします」

音松が頭を下げた。

「はは、おまえさんの腕だから、食べる前からうまいと決まってるよ」

喜作はそう言って、若鮎を手に取った。

ていねいにつくった求肥《ぎゅうひ》を伸ばしてかすていら地でくるみ、鮎に見立てて焼きあげる。仕上げに焼き印を入れれば、愛らしい若鮎焼きの出来上がりだ。

調布《しらべぬの》という名で京のほうでつくられていた菓子を、さる職人が工夫して鮎に見立てた。花月堂の三代目音吉はそれをいち早く知り、江戸で売り出して好評を博した。

「たまには尾っぽから食べたくなるけどね」

番頭はそう言って、頭からがぶりと若鮎を嚙んだ。

ゆっくりと味わう。

「焼き加減といい、求肥の練り具合といい、申し分がないね」

喜作は笑みを浮かべた。

「ありがたく存じます」

音松は頭を下げた。

求肥は餅粉に砂糖と水だけでつくる。ただそれだけだから、かえってごまかしが利かない。耳たぶくらいのかたさにこねるのが勘どころで、それよりやわらかくてもかたくてもいけない。おのずと職人の巧拙が出るところだ。

「もう一度見てもよろしいでしょうか」

おはつが木型のほうを手で示した。

「ああ、いくらでも。これほどの細かい木型を彫れる職人さんは、江戸にもそうたくさんはいないだろうよ」

花月堂の番頭はおはつの母を持ち上げた。

「二匹の亀は色粉を変えて押しものにするんでしょうね」

と、おはつ。

「そうだね。縁起物だから紅白か、あるいはもっと華やかにするか、そのあたりは旦那さまの思案次第だがね。……ああ、おいしかった。ごちそうさま」

　喜作は軽く両手を合わせて湯呑みに手を伸ばした。

「おっかさんの木型から生まれたお菓子をあきなうのが、わたしのささやかな夢なので」

　おはつが言った。

「ああ、それなら旦那さまに言っておくよ。まさか嫌だとは言われまいて」

　番頭はすぐさま言った。

「いえ、それだと、うちがねだったみたいで」

　おはつがあわてて言った。

「旦那さまが注文された木型ですから」

　音松も和《わ》す。

「まあ、悪いようにはしないから」

　喜作は笑みを浮かべて茶を呑んだ。

　その後はまたあきないの話になった。

　表通りに見世を構えている菓子屋は伊勢屋だけではない。団子や銘菓「名月」で名が轟く名月庵《めいげつあん》ものれんを出している。菓子の番付では上位に乗る老舗だけにある じもおかみも気位が高く、音松とおはつがあいさつに行ったときはいたって冷やや かな応対だった。

「見世の売り上げが伸びないので、振り売りや土手見世のあきないもと思案してる んですが……」

と、そこまで音松が言ったとき、奥でまた泣き声が響いた。おなみが目を覚まし たらしい。

「はいはい、ただいま」

おはつが腰を浮かせる。

「子が小さいと、おのれが出かけるわけにはいきませんので」

音松が苦笑いを浮かべた。

「なら、だれか手伝いに入ってもらったほうがいいね。うちの職人さんに修業の一 環としてやってもらえばいい。おまえさんもそうだったじゃないか」

喜作は音松のほうを指さした。

「ええ、たしかに」

音松はうなずいた。

「それも含めて旦那さまと相談してみるよ」

番頭はそう言うと、木型の入った風呂敷包みを持って腰を上げた。

「どうかよしなにお願いいいたします」

音松はていねいに頭を下げた。

そこへ、おはつがおなみを抱いて戻ってきた。お乳をもらったおかげで機嫌は直ったようだ。

「おお、泣きやんだかい」

喜作が笑みを浮かべた。

「ええ、ありがたく存じました、番頭さん」

おはつが言った。

「見世を開いたと思ったら大雪で不運だったが、いまはもうこのとおり、その雪は消えている。解けない雪はないからね。一喜一憂せず、焦らず、気張ってやってください」

花月堂の番頭は情のこもった声をかけた。

「はい」

おはつは芯に光のある目で答えた。

第二章　若鮎の味

一

「ほう、おしづさんも腕が上がったね。もはや名人の域だよ」

番頭の喜作から受け取った木型をためつすがめつしていた三代目音吉は、満足げな笑みを浮かべた。

菓子屋はそう遅くまで見世を開けない。上野黒門町の花月堂ののれんはすでにしまわれていた。

「指もずいぶんと職人さんらしくなってきました」

番頭が笑みを浮かべた。

「そうかい。いずれにせよ、この木型で押しものをつくるのが楽しみだね。いい縁起物になりそうだよ」

あるじにそう言われてしまったので、喜作はいくらか虚を突かれたような顔つきになった。

しかし、気を取り直すようにのどの調子を整えてから切り出した。

「その木型の件なのですが……」

「何だい？」

花月堂のあるじが問う。

「実は、はつねやのおかみのおはつさんが、おっかさんのつくった木型で菓子をつくってみたいと念願しておりましてね」

番頭は意を決したように告げた。

「なるほど、この木型で」

三代目音吉は見事に彫られた双亀の木型に目を落とした。

「今日もおいしい若鮎をいただいてきましたし、はつねやに力は充分にあると手前は思うのですが、運悪く見世びらきに大雪が重なったり、表店《おもてだな》の老舗から意趣を含まれたり、ここまではあまりいい風が吹いておりません。その苦境に陥っているはつねやにせめてもの助けの風を送るべく、木型を譲っていただくわけにはまいりませんでしょうか、旦那さま」

喜作はあるじに熱っぽく告げた。

「助けの風か」

半ば独りごちるように、三代目音吉が言った。

「さようでございます。どうも運が向いておりませんので」

番頭が頭を下げた。

「厳しいことを言えば、運も力のうちだがね」

花月堂のあるじは言った。

「ええ、それは重々」

喜作がうなずく。

「ただし、おっかさんの木型を使って押しものをつくりたいという思いはよく分かる。人情っていうもんだ」

三代目音吉の表情がやわらいだ。

「いいだろう。この木型は、はつねやに譲ることにしよう」

老舗のあるじは双亀の木型を番頭に戻した。

「ありがたく存じます」

喜作は深々と一礼してから木型を受け取った。

「その木型を使った菓子で風向きが変わればいいね」

三代目音吉は温顔で言った。

三十代の半ばで、だんだんに風格が出てきた。

女房のおまさは同じ菓子舗、浅草の紅梅屋《こうばいや》の三女だ。順に男、女、男、三人の子宝に恵まれている。長男の小吉《こきち》は十四歳で、すでに菓子づくりの修業を始めている。いずれは四代目の音吉となる。

長女のおひなは十二歳、次男の末吉《すえきち》はまだ八歳だ。大吉ではなく、小吉や末吉であるのは、三代目音吉の好みが色濃く表れていた。

花月堂の菓子は甘すぎない。すなわち、大吉ではない。少し後を引く、ほどよい甘さの小吉や末吉だ。

「手前もそう念じております」

喜作は軽く両手を合わせてから続けた。

「一軒の見世というのは、のれんの帆を張った船を出すようなものだからね。風向きが悪いときもあれば、海が荒れることだってある」

三代目音吉は言った。

「なるほど、うまいたとえですね」

番頭がうなずく。

「まあ、音松のところは、子がまだ小さいので、振り売りにも出られないから気の毒だがねえ」

あるじが案じ顔で言った。

「ちょうどはつねやで振り売りの話が出ておりましてね。おはつさんが振り売りに出られない代役を、だれかがつとめてくれればありがたいと」

喜作はここぞとばかりに言った。

「うちかい？」

三代目音吉はおのれの胸を指さした。

「ええ。うちの職人さんのだれかに、修業の一環としてやってもらえばどうかと。音松さんもそうでしたから」

番頭は言った。

「はは、番頭さんの知恵だね」

花月堂のあるじはそれと察して言った。

「は、はい……実はそうでございます。いささか見かねて、出過ぎたことを」

喜作はまた頭を下げた。

「いや、それは人情だよ、番頭さん」

三代目音吉が言った。

「ただねえ、むかしは菓子職人が修業の一環として振り売りに出るのは当たり前だったんだが、番頭さんも知ってのとおり、振り売りが嫌だとやめてしまう子が続けざまに出てしまってねえ」

あるじはあいまいな顔つきで言った。

「ええ。時は移り替わりますから、むかしみたいなわけにはいかないことは、手前も重々承知しているのですが」

番頭が言った。

「とにかく、分かったよ」

三代目音吉は軽く右手を挙げた。

「だれでもいいというわけにはいかないからね。おかみとも相談して、だれに頼むか決めることにしよう」

「ありがたく存じます。どうかよしなにお願いいたします」

喜作はていねいに一礼した。

二

「少しかためかしら」

おまさが軽く首をかしげた。

「そうかい？」

三代目音吉が爪楊枝に挿したものを口に運んだ。

売れ残った丁稚羊羹《でっちようかん》だ。

もっぱら日保ちのする冬につくり、火のはたで食す水羊羹だ。近江《おうみ》などでは竹皮に包んだ蒸し羊羹をそう呼ぶが、花月堂では若狭《わかさ》が発祥とされる水羊羹の丁稚羊羹をあきなっている。

「あきないの残りだから、そう思うのかもしれないけれど」

おまさは言った。

「たしかに、ほんの心持ちかたいかもしれないが、まあこんなものだよ」

丁稚羊羹を食した音吉が笑みを浮かべた。

「本当においしい丁稚羊羹は、口の中でほろっと溶けるから」

と、おまさ。

「砂糖の加減はちょうどいいね。甘すぎず、そこはかとなく後を引く」

音吉はうなずいた。

「それで淡雪みたいに溶けたら、何よりのおいしさ」

おまさは唄うように言って湯呑みに手を伸ばした。

「日保ちがしないのが泣きどころだが、それは致し方ないね」

花月堂のあるじが言った。

「その儚さがいいんでしょう」

おかみが答えた。

「さて、ところで」

音吉は一つ座り直すと、はつねやの話を切り出した。

はつねやの苦闘が続いていること、見世売りを補うべく振り売りも行いたいけれども、子が小さいために出るに出られないこと、ついては、花月堂の職人に修業の一環として振り売りを担ってもらえないかという話が出ていること。音吉の話を、おまさは折にふれてうなずきながら真剣に聞いていた。

「名は違えども、はつねやは花月堂ののれん分けのような見世だからね。力になってあげたいものだ」

音吉は言った。

「そうね。音松さんの腕はたしかだし、おはつさんは明るくて元気があるし、繁盛しなきゃおかしいようなお見世だから」

おまさも力をこめて言った。

「なら、だれにやってもらうかだが」

音吉は湯吞みを置いて続けた。

「一人ずつ出せない者を消していって、残った者に白羽の矢を立てればいい。まず職人頭《がしら》の益平《ますへい》さんはむろん出せない」

益平は三代目音吉より八つほど年上で、四十の坂を越えている。口はあまり回らないが、腕はたしかだ。ことに細工仕事では水際だった技を披露する。振り売りなどは論外といえた。

「次頭《つぎがしら》の寿三郎《じゆさぶろう》さんも無理ねえ」

と、おまさ。

「寿三郎は舌が回るし、若いころに振り売りもやっていたからお手の物だが、さすがにやってくれとは言えまい」

あるじは苦笑いを浮かべた。

三代目音吉とは同い年で、小さいころから一緒に遊んでいたから気心が知れている。竹馬の友と言ってもいい。

「やってもらうとしたら、花月堂ののれん分けだから」

おまさが言った。

「性分としてはただの職人をやってるほうが気楽らしくて、その件はなかなか乗ってこないがね」

と、音吉。

「だれかいい人がいて、所帯でも持ったら変わってくれると思うけど」

いくらかあいまいな表情で、おまさが言った。

「あと三年ほどで四十だからねえ」

音吉は首をひねった。

「いずれにしても、寿三郎さんも駄目ね」

おまさが念を押すように言った。

「歳の順だと、次は留吉《とめきち》か」

花月堂のあるじはあごに手をやった。

「留吉は二十二でしたっけ」

おまさが問う。

「いや、二十三だったと思う。もう十年は経ってるから、そろそろ通いの職人でもいいんだが」

今度は音吉がややあいまいな顔つきになった。

「腕は上がってるんでしょう?」

と、おまさ。

「そりゃ、下がったら困るよ。ただし、まだときどきしくじりをやらかす。何より、振り売りを任せるにはここがね」

　音吉は口を指さした。

「口が重いからねえ」

　おまさが首をかしげた。

「荒療治でやらせるという手もなくはないが、留吉の性分を思案すると、そのまま嫌気が差してやめかねない」

　音吉は苦笑いを浮かべた。

「なら、次ね」

　おまさはあきらめたように言った。

「次は十五の巳之作《みのさく》か。どうにも腕は甘いが、あいつ、調子だけはいいからな」

　あるじが言った。

「巳之ちゃんは明るさが取り柄だから」

　と、おまさ。

「あれで腕が上がれば申し分がないんだが」

　音吉も言う。

「そうねえ。小吉とよく遊んでくれるし。花月堂がぱっと明るくなるから」

おまさは笑みを浮かべた。

「もう一人は、入って間もない為造《ためぞう》だ。まだわらべに毛が生えたような感じだから、振り売りは酷だね」

音吉が言った。

「背丈が足りないから、そもそも天秤棒をかつげないかと」

おまさが身ぶりをまじえた。

「こうして一人ずつ吟味したら、巳之作しか残らないね。幸か不幸か、菓子づくりの腕が甘いから、うちの痛手にもならないし。よし、巳之作にやってもらおう」

花月堂のあるじは、両手を一つぱちんと打ち合わせた。

三

「えっ、手前がはつねやさんの振り売りに？」

巳之作が驚いたようにおのれの胸を指さした。

三代目音吉とおまさだけではない。仲のいい跡取り息子の小吉と番頭の喜作もいる。いまあるじが用向きを伝えたところだ。

「一人ずつ消していったら、おまえさんしか残らないんだよ。かしらや次頭などに頼むわけにはいかないからね」

音吉が言った。

「かと言って、為造では天秤棒を持てないし」

おまさがすぐさま言う。

「はあ、たしかに。ですが、ここから谷中へ通うのは遠いかと」

巳之作は首をかしげた。

「そりゃ、やるなら住み込みだよ。音松さんは菓子づくりの腕前にかけちゃ引けを取らない。おまえは振り売りをやって、菓子づくりも修業するんだ」

番頭が言った。

「ああ、なるほど」

巳之作はやっと呑みこんだ顔つきになった。

「ちょっと寂しくなるけど、しょうがないな」

小吉が言った。

「そりゃ、通いじゃつらいんで」

と、巳之作。

「おまえは明るいから、振り売りにはちょうどいい。いま苦労しているはつねやの二人に風を送ってやってくれ」

花月堂のあるじの表情が引き締まった。

「大事な役どころを任せられる人として、白羽の矢が立ったんだからね」

おまさがうまいことを言った。

「こりゃ気張らないと」

番頭も笑顔で言う。

「承知しました」

巳之作は座り直して続けた。

「手前なりに、気張ってやらせていただきます」

腕は甘いが、明るさと元気が取り柄の若者が言った。

四

「あっ、五重塔が見えてきました」

巳之作が行く手を指さした。

「もうすぐそこだよ」

番頭の喜作が言った。

どちらも大きな風呂敷包みを背負っている。翌日、さっそく支度を整え、はつねやへ向かうところだ。とりあえず着る物があれば、あとはどうにかなる。

「いい匂いがしてきました。あれですか」

巳之作がまた指さす。

「あれは伊勢屋さんだね」

喜作は苦笑いを浮かべた。

「表店にはもう一軒、名月庵さんもある。どちらも菓子屋の番付に載るほど名の通った老舗だ」

「では、はつねやはどこに?」

巳之作が問うた。

「そこの路地を入ったところだ。置き看板を出せればいいんだが、伊勢屋さんに叱られてしまったらしい」

花月堂の番頭は答えた。

「意地悪をされたんですね」

巳之作が少しむっとした顔つきになった。

喜怒哀楽がはっきりしている若者だ。曲がったことが嫌いで、人となりはまっすぐでいい。これで菓子づくりの腕が良ければ言うことがないのだが、生来の不器用でよく職人頭から叱られていた。

「伊勢屋さんも名月庵さんも、気位の高い老舗だからね。新参者がのれんを出すのを快く思っていないんだろう」

喜作はそう言って路地に入った。

「ああ、そこか。こりゃ分かりにくいな」

巳之作がややあいまいな顔つきで言った。

「さあ、着いた。しばらくここで気張っておくれ」

番頭が笑みを浮かべた。

「はいっ」

助っ人に来た若者はいい声で答えた。

五

「ありがたく存じます、番頭さん。助かります」

おはつがおなみをあやしながら、礼を言った。

「ほんにありがたいことで。落ち着いたら御礼にまいります」

音松も深々と頭を下げた。

「いや、それには及ばないから、つとめに精を出してくれ、と旦那さまはおっしゃっていたよ。振り売りも菓子づくりも、巳之作によく教えてやっておくれでないか」

　喜作は柔和な表情で言った。

「承知しました。どうかよしなに」

　音松は助っ人の若者に言った。

「はい、こちらこそ。やると決まったからには、気張ってやりますんで」

　巳之作は二の腕をぽんとたたいた。

「それから、もう一つ言《こと》づかってきたものがあるんだ」

　番頭はそう言って、風呂敷包みを取り出した。

「それは、もしや……」

　おはつは瞬きをした。

「その『もしや』だよ」

　喜作は笑って風呂敷包みを解いた。

　中から現れたのは、母のおしづが精魂込めてつくりあげた双亀の木型だった。

「おっかさんがつくった木型だから、はつねやが使うのが筋だろうってことでね。実を言うと、旦那さまも少し未練ありげだったんだけれど」

番頭はそう明かした。

「気張ってうちの名を揚げるような菓子をつくります」

音松が引き締まった顔つきで言った。

「くれぐれもよしなにお伝えくださいまし」

おはつはていねいに頭を下げた。

「あっ、こわくないからね」

巳之作がおなみに言った。

見慣れぬ若者がやってきたから、いささか警戒の面持ちだ。

「ほら、べろべろばあ」

まだ小さい娘に向かって、おどけた顔を見せる。

「よろしくねって」

おはつが笑顔で言った。

あいまいな顔つきだったおなみも、母につられて笑みのようなものを浮かべた。

「おっ、笑ったね。これなら大丈夫だ」

喜作はそう言って風呂敷をしまった。

「では、くれぐれも旦那さまによしなに」

音松は重ねて言った。

「ああ、伝えておくよ。なら、気張ってやっておくれ」

番頭は巳之作に言った。

「へい、合点承知で」

若者は調子よく答えた。

六

「これでいいかしら」

おはつが両手を軽く打ち合わせた。

みなで納屋を片づけ、どうにか巳之作が眠れるように支度を整えたところだ。

「すまないねえ、狭いところで」

音松が申し訳なさそうに言った。

「雨露がしのげれば、それで御の字ですから」

巳之作が笑みを浮かべた。

「いずれ、いい長屋を探すから、それまで辛抱しておくれ」

と、音松。

「いえいえ、修業に来た身ですので」

巳之作は殊勝に答えた。

納屋から見世に戻ると、すぐ客が入ってきた。髷《まげ》がすっかり白くなった福耳の男だ。

「いらっしゃいまし、ご隠居さん」

おなみをあやしながら、おはつがあいさつした。

「おや、初顔だね」

結城《ゆうき》とおぼしい紬《つむぎ》をまとった男が言った。

「今日から花月堂より助っ人に来てもらうことになった巳之作で。こちらはご隠居の惣兵衛《そうべえ》さん」

音松が身ぶりをまじえて言った。

「そうかい。花月堂から来たのかい。……鮎を二本、おくれでないか」

おはつに向かって指を二本示すと、惣兵衛は広からぬ座敷の上がり口に腰かけた。

本郷竹町《ほんごうたけちょう》の小間物問屋の隠居だ。以前より好んでいた谷中に隠居所を構え、墨絵を描いたり、俳諧をたしなんだり、詩吟をうなったり、いろいろと隠居らしいことを楽しんでいる。若鮎がお気に入りで、ちょくちょくのれんをくぐってくれるから、はつねやにとってはありがたい常連だ。

「承知しました」

おはつはおなみを音松に預け、お茶の支度を始めた。

「振り売りの人手が足りないと番頭さんに伝えたら、旦那さまが遣わしてくださったんです。ありがたいことで」

音松が言った。

「ほう、向こうでも振り売りを？」

隠居が訊いた。

「いいえ、振り売りは卯吉《うきち》さんと寅助《とらすけ》さんの兄弟がいますから」

巳之作が答えた。

「ああ、引き出物の菓子も届ける名物兄弟だね」

惣兵衛が言った。

「はい。どちらも男っぷりがいいので、錦絵になったこともあるそうで」

と、巳之作。

「そりゃあ、何よりの引札だね」

隠居が言う。

「お待たせいたしました。若鮎二本とお茶でございます」

おはつが盆を運んできた。

「おう、来たね」

隠居が笑顔で受け取った。

「焼きたてじゃなくて相済みません」

おなみをあやしながら、音松がわびた。

「いや、焼きたてじゃない落ち着いた鮎も好みだよ。で、名物兄弟からは振り売りを教わってきたのかい」

隠居はそう言って、一本目の鮎を口に運んだ。

「はい。とにかく臆せず、腹の底から声を出せと」

巳之作は答えた。

「振り売りはわたしもやってたけど、恥ずかしいと思ったら駄目よ」

おはつが教えた。

「ええ、そう言われました」

巳之作がうなずいた。

「なら、ちょっとやってごらんよ」

隠居が水を向けた。

助っ人に来た若者はいくらかためらっていたが、やがて肚をくくったように立ち上がり、やおら売り声を発した。

えー、大福餅はいらんかねー
甘い餡入りの、大福餅はいらんかねー……

存外に張りのある、いい声だった。

「わあ、上手」

おはつが声をあげた。

「一つ欲しくなる売り声だね」

隠居がそう言ってまた若鮎を口中に投じた。

「その調子で頼むよ」

音松が白い歯を見せた。

「はいっ」

助っ人が笑顔で答えた。

第三章　きなこの席

一

初めはおっかなびっくりだった巳之作の振り売りだが、もともと肝は据わっているほうだ。回を重ねるごとにだんだん堂に入ってきた。

「えー、大福餅はいらんかねー。大福餅はあったかいー……」

声も出るようになった。

火鉢と焼き鍋を入れ、あたたかい小豆餡入りの大福餅を売る。あまり遠出はできないし、一度にたくさんも運べない。一つ六文の利の薄いあきないだが、売り切れるたびに見世に戻ってまた売りに出れば、積もり積もってそれなりの実入りにはなった。

それればかりではない。本家の花月堂と同じく、巳之作は背に引札入りの法被《はっぴ》をまとって振り売りに出ていた。

谷中感応寺前　路地入る
御菓子司　はつねや

そう染め抜かれた紅絹色《もみいろ》の鮮やかな法被だ。売り声を発しながら歩けば、いやでも人目を引く。

「おっ、一つくんな」

道行く客から声がかかることもあった。

「へい、ありがたく存じます」

巳之作がすかさず天秤棒を下ろし、大福餅を供する。前後の大きな籠に火鉢と焼き鍋が入っているから、力も要るつとめだ。

「うめえな。ほかほかで餡が甘くて」

食すなり、客の表情がやわらいだ。

「いい小豆を使っておりますんで」

巳之作はここぞとばかりに言った。

こういった会話も見世の引札になる。音松とおはつとともに、どういう受け答えをするか、思案しながら煮詰めてあった。

「聞いたことがねえ見世だが、のれんを出したばっかりかい」

大福餅を食しながら、客が問うた。

「今年の初めからのれんを出したんですが、いきなりの大雪で出鼻をくじかれてしまいまして」

巳之作が答えた。

「そりゃ気の毒だったな。今度、見世のほうにも行ってみるよ」

客は上機嫌で言った。

「ありがたく存じます。ぜひお待ちしておりますので」

巳之作は笑顔で答えた。

二

「助かるわ。巳之作さんに振り売りをやってもらって」

おなみにお乳をあげてから、おはつが言った。

「おかみさんがやったら、おいらの倍は売れると思いますけど」

巳之作が笑みを浮かべて言った。

「そんなことないわよ。力があるから一度にたくさん運べるし、大助かりよ」

おはつは血色のいい顔で答えた。

大福餅を売り切って戻ったあとは、音松から菓子づくりを教わっている。そちらのほうはいたって不器用で、一人前になるまでには相当な時がかかりそうだ。

隠れた人気の菓子のうさぎ饅頭《まんじゅう》は、仕上げにうさぎのかわいい目を入れる。物は試しとばかりにやらせてみたところ、唖然とするようなしくじり方で、とてもうさぎには見えなくなってしまった。

「なら、そろそろ行ってきますんで」

巳之作は腰を上げた。

「来月からは白玉入りの冷やし汁粉だから、終いものの大福餅だ。気張って売ってきておくれ」

音松がそう言って送り出した。

「へい、承知で」

巳之作がひときわいい声を発した。

こうして振り売りに出た巳之作だが、いきなり難儀なことになってしまった。

「えー、大福餅はいらんかねー……」

いつもはもう少し先まで行ってから売り声を発するのだが、気が入っていたせいか、路地を出るなり声が出た。

「ちょいと、どこであきないをやってるんだい？」

たちまち険のある声が響いた。

表店の伊勢屋のおかみだ。

「は、はあ、売り声をあげただけで」

巳之作はついそう言い返した。

「あきないの売り声じゃないのかい」

伊勢屋の見世先に打ち水をしていたおかみのおさだは、きっとした顔つきで言った。

「はあ、そりゃそうですが」

巳之作はあいまいな顔つきで言った。

「どうした？」

あるじの丑太郎も出てきた。

「はつねやの振り売りが、うちの見世先で売り声をあげたんだよ、おまえさん。いけすかないったらありゃしない」

伊勢屋のおかみは苦々しげに言った。

「おめえは雇われた振り売りか」

おかみと同じく、まなざしに険のあるあるじが、巳之作のいでたちをしげしげと見てから訊いた。

「いえ、花月堂から来たんです」

巳之作はいくらか首をすくめて答えた。

「ほう」

丑太郎は見下すような一瞥《いちべつ》をくれてから続けた。

「花月堂も花月堂だね。この谷中の感応寺の門前は、うちと名月庵さんが長年、菓子屋をやってきたんだ」

伊勢屋のあるじは、五重塔のほうを手で示した。

伊勢屋と名月庵はいくらか離れてはいるが、ともに谷中感応寺の門前町でのれんを出している。

「そうそう、お相撲で言えば両大関だよ。それをのこのこと後からしゃしゃり出て来て、何の断りもなく」

おかみがすぐさまあるじに和した。

「しかも、おれらの見世先であきないをしようとしたんだな?」

丑太郎が不愉快そうに言った。

客に対するときはしたたるようなつくり笑いで「手前ども」とへりくだるあるじだが、はつねやの若い振り売りは頭から見下ろしていた。

「はあ、ですが、ちょっと売り声をあげただけで、見世先で天秤棒を下ろしたわけじゃないんで」

巳之作は不服そうに言い返した。

不器用だが、曲がったことは嫌いなたちだ。そのため、折れるべきところで折れたりできず、ときどき損をすることがある。

「売り声もあきないのうちだよ。いけすかないね」

おさだの声が高くなった。

なにぶん二人がかりだ。はつねやの振り売りは窮地に陥った。

だが……。

ここで思わぬ助っ人が現れた。

「おう、どうした」

そう言いながら近づいてきた着流しの男は、帯からさっと十手を抜いた。

三

五重塔の十蔵《じゅうぞう》といえば、土地《ところ》では知らぬ者のない親分だ。谷中の顔役の一人に数えられている男で、だれもが一目置いている。

その名の五重塔には二つのわけがある。

まず、背がひときわ高い。六尺（約百八十センチメートル）になんなんとする大男で、往来では頭一つ抜けている。遠くからでも見える谷中の五重塔に引っかけてその名がついた。

もう一つは、背中の彫り物だ。

よく張った背に、見事な五重塔が彫られている。桜もあしらわれたその景色は、湯屋の客が思わず見とれるほどだった。

「大福餅の売り声をあげただけなんだろう?」

その十蔵親分が言った。

「へえ、べつに足を止めたわけでもないんで。次からは前を通り過ぎてから売り声をあげるようにしますから」

巳之作がやや口早に言った。

「なら、それくらい勘弁してやんな。おめえさんらは老舗なんだから、鷹揚にでんと構えてたほうが品があるぜ」

十蔵親分はそうたしなめた。

暗に、むやみに老舗風を吹かせて弱い者いじめをしたりするのは品がないぞと告げている。

「へえ、相済まないことで」

打って変わって腰を低くして、伊勢屋のあるじの丑太郎が答えた。

「親分さんのおっしゃるとおりにいたしますので」

おさだも笑みを浮かべて言った。

「感応寺の富突がなくなって、賑わいが陰ってから新たなあきないがたきがのれんを出してきた。気の悪い思いをするのは分かるが、そいつぁ料簡が違うぜ」

十蔵親分はなおも言った。

「へえ、相済みません」

伊勢屋のあるじはまた腰を折った。

「賑わいが陰ってきたら、逆に力を合わせて、谷中の菓子屋の名を江戸じゅうに轟かせてやろうっていうくらいの気構えを持たなきゃならねえ。ちっちゃい羊羹の取り合いをやっててても客は来ねえぞ。もっとでけえ羊羹をつくるくらいの気構えを持たねえとな」

十蔵親分はそう説教した。

「重々分かりました。相済みませんでした」

おかみが殊勝な顔で頭を下げた。

「料簡を改めますんで」

あるじもつくり笑いを浮かべる。

弱い者はいじめるが、強い者にはへりくだる性分だ。

「なら、これから先も仲良くやんな」

十手持ちはそう言って場を収めた。

四

「お世話になりました。親分さん」

伊勢屋からいくらか離れたところで、巳之作が急ぎ足でうしろから追いついて声をかけた。

「おう、ここまで来たら売り声をあげてもいいぜ」

十蔵親分が渋く笑った。

なかなかの男前で、役者でもつとまりそうだ。

「へえ、お礼に一つ大福餅を」

巳之作は天秤棒を下ろした。

「はは、わらべみてえだな」

十蔵親分はそう答えたが、べつに断りはしなかった。

「どうぞ。今日であったかい大福餅は終いで」

巳之作がうやうやしく差し出した。

「おう、ありがとよ。福がありそうだな」

十蔵親分はさっそくほかほかの大福餅をほおばった。

「お、うめえな。いい小豆を使ってるぜ」

十手持ちはすぐさまほめた。

「ありがたく存じます」

巳之作は嬉しそうに頭を下げた。

「こう見えても、甘いものにゃ目がねえんだ」

十蔵親分はそう言って、残りの大福餅をわしわしと噛んで胃の腑に落とした。

「さようですか。では、見世のほうにもお立ち寄りくださいまし」

巳之作は如才なく言った。

「おう、明日にでも行くぜ。それはそうと、うめえからもう一つくんな。銭は払うからよ。一ついくらだ」

十蔵親分は訊いた。

「へえ、六文で」

巳之作が答える。

「なら、十二文だ。振り売りは出た分の銭を持って帰らねえとな」

十蔵親分は有無を言わせず銭を渡した。

「重ね重ね、ありがたく存じます」

巳之作は礼を述べた。

「おめえ、いくつだ」

十手持ちが問う。

「へえ、十五で」

「そうかい。それにしちゃあしっかりしてるぜ。気張ってやんな」

十蔵親分はそう言うと、二つ目の大福餅を口にやった。

ちょうどそこへ、父親につれられたわらべが二人やってきた。

「おとう、大福餅」

「おいらも」

勇んで手を挙げる。

「しょうがねえ、買ってやるか。……ご苦労さんで」

職人とおぼしい父親が十蔵親分にあいさつした。

谷中の衆なら、みな親分を知っている。

「おう。子の世話は大変だな」

親分が情のこもった声をかけた。

「へえ。まあ、楽しみながらやってまさ。かかあの病《やまい》もだいぶ良くなってきたんで」

「そりゃ何よりだ。早く本復するといいな」

職人が答えた。

「へい」

そんな話をしているあいだ、巳之作から大福餅を受け取ったわらべたちは、さっそく口を大きく開けてかぶりついていた。

「んまい」

「餡が甘い」

どちらも笑顔だ。

「一つだけだぜ」

職人がそう言いながら銭を払った。

「なら、気張って売りな。そのうち顔を出すからよ」

十蔵親分がさっと右手を挙げた。

「はい、ありがたく存じます」

巳之作はいい声で答えた。

五

親分は嘘をつかなかった。

翌《あく》る日の昼下がり、例によって隠居の惣兵衛が若鮎を食しながらお茶を呑んでいると、大男が一人、ぬっとのれんをくぐってきた。

「おや、親分さん」

顔を知っている隠居がすぐさま言った。

「おう」

十蔵親分が右手を挙げる。

「あるじの音松でございます。うちの振り売りが大変お世話になりました」

音松がそれと察して礼を述べた。

「おかみのはつと申します。巳之作から聞いて、すぐにでも御礼にうかがわなきゃと思ってたんですけど」

おなみを抱っこしたまま、おはつが言った。

「いいってことよ。お、かわゆいな。名は何だい」

親分は身をかがめ、おなみのほおにちょいと指をやった。

「おなみといいます」

おはつが答えた。

「波に乗れるようにという願いもこめてつけた名ですが、見世のほうはなかなかそういうわけにもいきませんで」

音松がいくらかあいまいな顔つきで言った。

「振り売りの大福餅は人気だったから、そのうちいい波が来らあ。……お、うまそうなもんを食ってるな、ご隠居」

十蔵親分は食べかけの鮎を指さした。

「ここの鮎はとびきりですよ。……ま、どうぞ」

座敷の上がり口に腰かけていた隠居が、湯呑みと食べかけの若鮎を持ってすっと立ち上がった。

「なら、ちょいと一服させてもらうぜ」

親分が手狭な座敷に上がった。

「狭くて相済みません」

おはつがわびる。

「鮎はいま焼きたてを」

音松が仕事場から言った。

「たしかに、ちょいと狭《せめ》えな。おれがでかすぎるせいもあるけどよ。……お、座んなよ、ご隠居」

親分は隠居に気を遣って声をかけた。

「へい、なら、ご無礼して」

惣兵衛がまた座敷の端に腰を下ろした。

「詰めても四人様なので、手狭で相済みません」

おはつが重ねてわびた。

ほどなく、若鮎が焼きあがった。

十蔵親分は鮎を二本と茶を所望した。さっそく座敷で食す。

「おお、こりゃうめえ」

かぶりつくなり、甘いもの好きの十手持ちは声をあげた。

「おいしいでしょう？　親分さん」

隠居が笑みを浮かべる。

「こんなうめえ鮎は食ったことがねえ。いや、蓼酢《たでず》で食うやつも乙《おつ》だがよ」

と、十蔵親分。

「はは、背越しですな。あれも酒がすすみます」

惣兵衛が猪口を傾けるしぐさをした。

活きのいい鮎を巧みにさばいて背越しにし、蓼酢で味わう。それも口福《こうふく》の味だ。

「それにしても、こいつぁうめえ。こんないい菓子をつくってあきないの波に乗れてねえのはおかしいぜ」

親分は首をひねった。

「さようですねえ。どうすればいいんでしょう」

腕が痛くなってきたから子を音松に託し、おはつが訊いた。

「客がもっと来ても、これじゃ入れねえ。路地は狭えが、長床几くらいは置けるだろう。雨が降ってなきゃ、そこで客が食えるようにしたらどうだ？　団子屋とかはみなそうじゃねえか」

ほうぼうを見て廻っている十蔵親分が言った。

「なるほど。狭いので気を遣って出さなかったんですけど」

おはつが答えた。

「狭いのを逆手に取るのよ」

親分はそう言って、二本目の若鮎を尾から噛んだ。

愛嬌のある目とひれの焼き印を入れた頭から食べるか、尾っぽから食すか、ちょっと迷うところだ。

「逆手に？」

と、おはつ。

「狭え路地には荷車が入らねえ。でけえ荷をかついだ振り売りが行き交ったりもしねえ。なら、客は落ち着いて食えるじゃねえか」

親分は渋く笑った。

「なるほど、そりゃ道理ですな」

隠居がうなずく。

「では、さっそく段取りを整えて出すようにします」

音松が言った。

「ただの長床几じゃ見栄えがしないから、緋毛氈《ひもうせん》でも敷いたらどうだい。座布団でもいいが」

隠居が知恵を出した。

「承知しました」

音松はすぐさま答えた。

「それでお客さんが増えるといいんですけど」

おはつは半信半疑の面持ちだった。

なにぶんいままで閑古鳥が鳴いていたものだから、だれも座ってくれない長床几を出したりしまったりする場面ばかりが浮かんだ。

「増えるといい、じゃなくて、これから客を増やしてやる、っていう気構えでやらねえとな」

十蔵親分の声に力がこもった。

その言葉の矢は、おはつの胸にぐさりと刺さった。

「ああ、そうですね。増やしてやる、でやります」

おはつは引き締まった表情で答えた。

「その意気だ」

いなせな十手持ちは笑みを浮かべた。

六

「すっかり居ついちまったな」

音松が見世先で笑みを浮かべて指さした。

猫が一匹、平たい椀の水を呑んでいる。

「煮干しもあげてるし、いっそのことうちで飼う?」

おはつが問うた。

「そうだな。生き物を飼っていれば、この子の学びにもなるだろう」

音松は抱っこしたおなみを少し揺らした。

「ほら、にゃーにゃだよ」

おはつが娘に言った。

「お、笑ったぞ」

音松がおなみを見て言う。

「お水、おいしかった?」

ぴちゃぴちゃと音を立てながら、懸命に水を呑んでいた猫に向かって、おはつがたずねた。

薄い茶色で、縞が入っているきれいな猫だ。どうやら雌らしい。うち見たところ、まだ生まれて一年も経っていないだろう。いつのまにか親きょうだいとはぐれてしまったようだ。

「うみゃ」

猫は短くないた。

前足が白く、目が鮮やかな黄色で愛らしい。

「うまかったと言ってるぞ」

と、音松。

「なら、うちの猫になる?」

おはつがしゃがみこんで、首筋をなでながら訊いた。

ごろごろ、ごろごろ……。

猫が気持ちよさそうにのどを鳴らす。

「飼ってやろうか。福猫になってくれるかもしれない」

音松が乗り気で言った。

「そうね。赤い紐に鈴をつけたら似合いそう」

おはつが笑みを浮かべた。

「名はどうするかな」

毛づくろいを始めた猫を見ながら、音松は言った。

おはつはふと思い当たった。

菓子屋の猫にはふさわしい名だ。

「色合いから言ったら、きなこね」

おはつは猫を指さして言った。

「ああ、ぴったりだ」

音松がすぐさま答えた。

かくして、猫の名はたちどころに決まった。

七

「おっ、いい按配に仕上がりましたねえ」

巳之作が白い歯を見せた。

「豆腐屋さんとかも、これならなんとか通れそうね」

おはつが安堵したように言う。

「身をちょっと横に傾けてもらわないといけないけど、お客さんがここに座っても大丈夫そうだ」

音松がそう言って指さしたのは長床几だった。

手前に一つ、見世の入口を挟んで奥に一つ。十蔵親分の助言にしたがって二つの長床几が据えられた。

上には緋毛氈を敷いた。日の光が差しこむと、目に鮮やかだ。

「旗と座布団の色合いも、ちょうど良さそう」

　おはつが言った。

　表に出したのは長床几だけではなかった。入口にのれんのほかに旗を出して目印にした。淡い桜色の旗に「はつねや」と染め抜かれている。

　同じ淡い桜色の座布団も奥に一つ置いた。毛氈の緋色と、旗と座布団の桜色。同じ赤でも濃い薄いがあって、おのずと心が弾む。

　二つの長床几は長さが違った。

　手前は二人掛け、奥は詰めれば四人座れる。そこに桜色の座布団を置いた。

　まだ見世で菓子を味わってくれる客は少ないが、いずれは子連れの客が来てくれるかもしれない。そのときにわらべがちょこんと座れるように、一つかわいい座布団を置いたのだった。

「おまえも座ってみな」

　音松はおなみを座らせてみた。

「ああ、いい按配で」

　巳之作が笑う。

　だが、おなみは緋毛氈のほうがいいようで、ほどなく下りてしまった。

「そっちのほうがいいのね、おなみちゃんは」

おはつが笑顔で言った。

早いもので、生まれ日が来て満で一つになった。

歩くのはまだだが、長床几につかまり立ちはできる。さきほどからひとしきり試してみてご満悦だった。

「とにかく、支度はできたから、あとはお客さんを待つばかりだな」

はつねやのあるじは引き締まった顔つきで言った。

「そうね。座布団に早くだれか座ってくれればいいんだけど」

おはつがそう言って瞬きをした。

その願いは、ほどなく叶った。

ただし、座布団の上に陣取ったのは客ではなかった。

八

「まあ、かわいい」

「ほんと、きれいな猫」

はつねやの見世先で声が響いた。

「気持ちよさそうに寝てる」

「赤い紐の鈴、かわいい」

どうやら習いごと帰りの娘たちのようだ。

それを聞いて、おはつが出てきた。

「あら」

と、目を瞠《みは》る。

緋毛氈に淡い桜色の座布団が一つ置いてある。その上で、はつねやの飼い猫になったばかりのきなこが丸まって寝ていたのだ。

「かわいいですね、この子」

「名前は何です？」

娘たちは物おじせずに言った。

「きなこ、なの。見たとおりだけど」

おはつは笑顔で答えた。

「あ、ほんと」

「きなこ色」

娘たちの声が弾んだ。

「おいしいきなこたっぷりの安倍川餅やお汁粉ができますよ。よろしかったらいかがでしょう」

おはつはここぞとばかりに言った。

「じゃあ、食べていく?」

「そうね。……ここで食べられるんですか?」

片方の娘がおはつに訊いた。

「もちろんです。きなこを見ながら、きなこたっぷりの安倍川餅を」

おはつはどこか唄うように言った。

「わあ、おいしそう」

「じゃあ、お茶と安倍川餅を」

話がすぐ決まった。

二人の客は長床几に座り、ほどなくできた安倍川餅を味わった。

「こしがあっておいしい」

「あ、起きたよ、きなこちゃん」

きなこは目を覚ますと、前足をそろえて大きな伸びをした。

「よしよし」

娘が背中をなでてやると、人なつっこい猫は身をすりつけてきた。

「かわいいね」

「今度はお汁粉を食べに来ようよ」

「そうね」

相談がまとまった。

二人の客が上機嫌で去ったあと、おはつはきなこにごほうびの煮干しを与えた。

「えらかったわね」

そう言って首筋をなでてやる。

「おまえはほんとに福猫かもしれないな」

音松も出てきて言った。

「これからもよろしくね。座布団のあるそこは、おまえの席でいいから」

おはつが淡い桜色の座布団を指さした。

通じたわけではあるまいが、きなこはふわあっとあくびをすると、また座布団の上で丸くなった。

第四章　双亀の押しもの

一

「この色合いで良さそうだな」

できあがった押しものを見て、音松が満足げに言った。

「桜色と新緑の二色の亀ね」

おはつがうなずく。

母のおしづが彫った双亀の木型を用いて、押しものをつくった。いくたびも試してみて、ようやくいい按配の色合いになった。

押しものの菓子といえば、落雁《らくがん》が有名だ。餅米などの粉に砂糖などを加え、木型に入れて打ち出した干菓子だ。

その名の由来には諸説がある。中国の「軟落甘《なんらくかん》」という菓子にちなむとも、近江八景に由来するとも言われるが、さだかでない。

初めの頃は丸や四角だけだったが、だんだんに凝った木型ができ、色もあでやかになってきた。手のこんだ落雁は贈り物としてもてはやされるようになった。

木型が大きいだけで、双亀も落雁とつくり方は同じだ。

まず砂糖と色粉を器に入れ、よく混ぜ合わせる。桜色は淡い紅粉、緑は抹茶だ。

砂糖は最も格の高い讃岐の和三盆を使った。

讃岐の職人が腕によりをかけてつくったなかなか入手の難しい品だから、ここぞというときにしか使えない。はつねやは花月堂の出見世のようなものだから、幸い仕入れのつてもあった。

砂糖と色粉が按配よく混ざったら、水を加えて軽く練り合わせる。このあたりの加減は年季が要るところだ。

さらに、寒梅粉《かんばいこ》を混ぜる。蒸した餅米に熱を加えてから粉にしたもので、これを加えることによって格段にまとまりが良くなり、舌ざわりも違ってくる。

混ぜ合わせたら、ふるいにかける。固まりはじめるため、手際よくこなさねばならない作業だ。

ここまでこなしてから、ようやく木型に入れる。桜色と新緑、季《とき》の移ろいも表した双亀の押しものが姿を現すまであと少しだ。

気をつけなければならないのは押し加減だ。あまりきつく詰めて押すと、せっかくの押しものが抜けなくなってしまう。かと言って、押しが甘いと崩れやすい。このあたりの力加減も菓子職人の腕の見せどころだ。

外すときは、下に板を置き、木型の裏を木槌でとんとんとたたく。きれいに外れたときは心が弾む。あとは慎重にひっくり返せばいい。天地左右、すべて逆に彫られていた木枠から、初めて正しい姿の押しものが現れる。

若鮎などは焼きたてがうまいが、干菓子は乾燥させて固まるのを待たなければならない。いま、はつねやの二人が見ている双亀の押しものも、ひと晩じっくりと寝かせたものだった。

「じゃあ、今日はおっかさんに届けて来ようかと」

おはつが言った。

はつねやでは十日に一度休むことにしていた。十日と二十日、あれば三十日も休む。今日は五月の二十日。早いもので、江戸に夏の訪れを告げる両国の川開きがもうすぐそこに迫っていた。

「ああ、届けて舌だめしをしてもらうといいよ」

音松が笑みを浮かべた。

「悪いけど、おなみちゃんの守りをお願い」

さっそく支度をしながら、おはつが言った。

「そろそろ歩きそうだから、稽古させていよう」

音松が言った。

これまた早いもので、おなみは満で一歳を越えた。つかまり立ちはお手の物だが、いまにも歩きそうでまだ歩けない。一歩を踏み出したもののべたっと倒れてしまい、わんわん泣きだしたこともあった。

ほどなく、出かける支度が整った。

「じゃあ、行ってくるね、きなこ」

いつもの席でくつろいでいる猫に向かって、おはつは言った。

「うみゃ」

看板猫が板についてきたきなこが短くないた。

二

「遅くなったけど、やっとできたので」

おはつがそう言って風呂敷包みを解いた。

根津権現裏に木型づくりの仕事場がある。壁際には、大小とりどりの鏨がずらりと並んでいる。おしづの師匠の徳次郎《とくじろう》が自ら鉄をたたいてこしらえた鏨がもっぱらだ。職人はまず道具からつくる。

「お披露目かい？」

親方が鏨を置いてたずねた。

紺色の作務衣をまとった職人は伝法な口調ではなく、物腰はいたってやわらかい。おかげでしばしば医者と間違われるらしい。

壁際に並んでいるのは鏨だけではない。いろいろと難しげな書物も積まれている。

本宅は近くの団子坂上にあるのだが、入りきらなくなった書物を見繕って仕事場に運んでいるという話だから、よほど熱心に書見をするようだ。

「ええ。舌だめしをしていただこうと」

おはつは笑顔で答え、包みを開いて押しものを見せた。

「あら」

おしづが瞬きをした。

「どう？　おっかさん。見た目は」

おはつが問う。

「色合いはとってもいいわね」

おしづはそう言って親方のほうを見た。

「花月堂の番頭さんから聞いて楽しみにしていたんだが、ほんとに二つの色合いはいい感じだね」

徳次郎が言った。

「ただ……」

おしづが小首をかしげた。

「ただ？」

おはつはいくらか声を落として問うた。

「気づいてほしかったところがあったのよね」

母は笑みを浮かべた。

「気づいてほしかったところ……」

おはつはほおに指を当てた。

見たところむらもなく美しく仕上がっているが、この押しものには何かが足りないらしい。

「おまえたちには分かるか?」

徳次郎は二人の弟子にたずねた。

一人は長男の竜太郎《りゅうたろう》だ。祖父から数えて三代目になる。

「さあ……」

父からほまれの指を受け継いだ若き職人は首をひねった。

「おまえはどうだい」

親方はまだわらべに毛が生えたくらいの小僧に問うた。

相州寒川《そうしゅうさむかわ》から修業に来た信造《しんぞう》だ。八方除《はっぽうよけ》で知られる相州一宮の寒川神社で食した干菓子に感銘を受け、木型職人を志したという変わり種だ。

「亀の頭のとこに、ちっちゃい円《まる》があるのが気になります」

信造は臆せずに言った。

「ほう、よく気づいたな」

親方が笑顔で言った。

「凄いね、信ちゃん」

おしづもほめる。

信造は花のような笑顔になった。

「この円が何か？」

おはつはまだ呑みこめていなかった。

「ちょっと難しい話をすると……」

徳次郎は一つ座り直して続けた。

「陰陽五行説《いんようごぎょうせつ》という、世の理《ことわり》を探る深い説がある。五行はとりあえずおいておき、陰陽だけを採り上げると、世の中のあらゆることは陰と陽で織りなされているわけだ。光があれば影があり、男がいれば女がいる。まあそういったことだよ」

親方の言葉を聞いても、おはつはまだあいまいな顔つきのままだった。どうも何を言おうとしているのか分からない。

「冬のうちにもう春は兆している。春が盛りになっても、いずれ必ず冬は訪れる」

親方の話は相変わらず雲をつかむかのようだ。

「つまり、桜の季でも新緑はもうすぐそこだし、新緑が鮮やかな季でも、もう来年の桜が……」

おしづがそこまで言ったとき、やっと分かった。

「あっ、そうか。この小さい円のところだけ色を変えるのね」

おはつは声をあげた。

「ああ、なるほど」

竜太郎がひざを打つ。

「そうかあ」

信造も声をあげた。

「今度はそれでやってごらん。亀が活き活きするから」

親方が温顔で言った。

「きっと見違えるようになるわよ」

母も笑みを浮かべる。

「うん、やってみる」

おはつは引き締まった顔つきで答えた。

三

桜に緑、緑に桜。

双亀の頭に付いた小さな円に、それぞれべつの色を配し、翌る日にもう一度つくってみた。

「よし、抜いてみるぞ」

音松が張りのある声で言った。

「さあ、どうかしらね」

おはつがおなみの頭に手をやった。

はじめの一歩こそまだだが、ずいぶん長く立っていられるようになった。

「楽しみです」

振り売りから戻ってきたばかりの巳之作がいくらか身を乗り出す。

音松は槌を取り出し、木型の裏をとんとんとたたいた。

押しものはきれいに外れた。

薄い板をかぶせる。

「一《ひ》の二《ふ》の三《み》っ」

二枚の板で挟まれた押しものがひっくり返された。

「外すぞ」

音松が言った。

「はい」

おはつがうなずく。

みなが固唾《かたず》を呑んで見守るなか、音松は慎重に板を外した。

「わあっ」

巳之作が真っ先に声をあげた。

「見違えるようになったわね」

おはつが瞬きをした。

わずかに新緑が兆している桜色の亀。そして、早くも翌年の桜の気配をそこはかとなく宿した新緑の亀。双《ふた》つの亀が悦ばしく絡み合っている。

「小さい円の色を変えるだけで、こんなに違うんだな」

音松も感に堪えたように言った。

「これは縁起物になりますよ」

巳之作の声が弾む。

「きれいな押しものね、おなみちゃん」

おはつは笑顔で娘のかむろ頭をなでた。

通じたのかどうか、おなみも笑みを浮かべた。

四

一日に三つかぎりで、双亀の押しものは売り出されることになった。

値は控えめにしたのだが、初日は一つも売れなかった。目にとめてくれる客はいるのだが、なかなか買うまでには至らない。

「売れないねえ」

音松が苦笑いを浮かべた。

「見てくれる人はいるんだけど」

おはつもあいまいな顔つきで言う。

ちょうどそこへ巳之作が帰ってきた。

これから夏の盛りに向かっていくから、冷たい井戸水に浸けて存分に冷やした汁粉に白玉を入れてあきなっているのだが、こちらは幸い好評で、三度にわたって売り切れてくれた。

「売れ残ってるのなら、振り売りして来ましょうか」

巳之作がそう申し出てくれた。

「いや、押しものは振り売りに向かないから。今日は先につくったけれど、本当は引き出物の注文を受けてからつくるものだからね」

音松は答えた。

「鯛の注文はなかなか来ないけどねえ」

おはつが麗々しく飾られている鯛の木型を指さした。

はつねやの見世びらきの祝いに、花月堂から贈られた大事な木型だ。大ぶりの鯛で、粉ばかりでなく白餡も入れてつくる縁起物だが、まだほとんど注文が来ない。

「なら、もし売れ残ったら一ついただきます」

巳之作は笑みを浮かべた。

「ああ、いいよ。今日は上がりで、湯屋にでも行っておくれ」

音松は振り売りの若者に言った。

「菓子づくりの稽古はまた雨の日に」

おはつも言う。

振り売りと違って、そちらのほうはまだまだしくじりが多いが、少しずつだができることは増えてきた。

「承知しました。なら、お先に」

巳之作は機嫌よくはつねやを出ていった。

それと入れ違うように、なじみの顔がのれんをくぐってきた。

花月堂の番頭の喜作だった。

五

「ああ、いい出来じゃないか」

双亀の押しものをしげしげと見て、喜作は言った。

「やっとおっかさんの木型の仕掛けが分かったので」

おはつが言った。

「親方に学があって、この押しものには深いわけがあるみたいです」

音松が告げる。

「ほう、どんなわけだい？」

喜作はたずねた。

例の陰陽の蘊蓄《うんちく》を、おはつはだいぶつかえながら伝えた。

「なるほど、深いねえ」

花月堂の番頭がうなった。

ここでふっとのれんが開き、隠居の惣兵衛が入ってきた。

「おお、これは番頭さん」

隠居が右手を挙げた。

「いま双亀の押しものを見ていたところなんですよ、ご隠居さん」

喜作が笑みを浮かべる。

「お、できたんだね。美しいじゃないか」

さっそく目をとめて、惣兵衛が言った。

「でも、ちっとも売れませんで」

おはつがあいまいな表情で告げる。

「なら、わたしが一ついただくよ。お茶もおくれでないか」

隠居はそう言って、座敷の上がり口に腰を下ろした。

「悪いですね。なんだか押しつけたみたいで」

と、おはつ。

「はは、気にしなくていいよ」

隠居は温顔で答えた。

「だったら、わたしにも一つ。それから、残った一つは花月堂へ持って帰ることにするから」

番頭が言う。

「たちどころに売り切れたね」

隠居が言った。

「ありがたいことで」

音松が頭を下げた。

ほどなく、お茶が入った。喜作は座敷に上がり、隠居とともに双亀の押しものを賞味した。

「味もいいじゃないか」

まず隠居が言った。

「さようですね。抹茶の風味が活きています」

番頭も和す。

「これくらいの大きさだと、さすがに餡は入れられないね」

と、隠居。

「それは鯛くらいになりませんと」

音松は飾ってある鯛の木型を指さした。

めで鯛縁起もの
押しもの承ります

その脇に貼り紙がなされ、出来上がりを示した絵も添えられている。

さりながら、なかなか注文は来ない。

「せっかく亀ができたんだから、鶴も添えたらどうだろうかねえ」

喜作がふと思いついたように言った。

「そうですね。鶴だったら、飛んでいるさまの落雁や、水に浮いているさまの練り切りなど、いろいろつくれますから」

音松が答えた。

「縁起物づくしもいいかもしれないね」

隠居がそう言って、お茶を呑み干した。

「そうですね。鶴亀の長寿菓子で」

音松が乗り気で言った。

「いろいろ思案してみます」

おはつも笑顔で言った。

六

「はつねやに木型を譲った甲斐があったね」

三代目音吉が満足げに言った。

「味もよろしゅうございましょう？」

双亀の押しものを持ち帰った番頭が問う。

「ああ、ちょうどいい練り加減だ」

花月堂のあるじが答えた。

「お抹茶がいい按配で」

あるじと一緒に舌だめしをしていたおかみのおまさが言った。

「ただし、三つつくったものの、一つも売れませんで」

喜作が伝えた。

「そりゃ、押しものは飛ぶように売れたりはしないから」

花月堂のあるじが答えた。

「注文を受けてつくるものだからね」

おまさも言う。

「ええ。そのあたりはまだお得意先がしっかりついていないようです」

と、番頭。

「谷中の門前町には、伊勢屋と名月庵があるからね。祝儀の押しものや赤飯などは、どうしてもそういった老舗のほうにお客さんがついているだろうから」

音吉がそう言って、また少し双亀の押しものを味わった。

「巳之作が振り売りに出て、伊勢屋さんの前で売り声をあげたら文句を言われて、土地の親分さんに助けてもらったそうです」

はつねやで聞いた話を喜作は伝えた。

「新参者はいじめられたりするので」

おまさが眉をひそめる。

「伊勢屋も名月庵も、気位が高くて険があるっていう評判だからねえ」

音吉が案じ顔で言った。

「巳之作はちゃんとやってるの？」

おまさがたずねた。

「ええ。振り売りは性に合っているようで、売り切れるたびに見世に戻って、張り切ってやっているみたいです」

番頭は笑顔で答えた。

「それは良かった。うちからはつねやに出せるのは巳之作しかいなかったから」

花月堂のあるじは、ほっとしたような顔つきになった。

「菓子づくりの腕のほうは相変わらずのようですが」

と、番頭。

「不器用なたちだから、長い目で見てやらないとね」

三代目音吉がそう言ったとき、表で遊んでいたわらべが二人戻ってきた。

十二の姉のおひなと八つの弟の末吉だ。

「亀の押しもの、食べかけだけど食べる？」

母が差し出した。

「うん」

おひながうなずく。

「食べる」

末吉も元気よく手を挙げた。

「じゃあ、父さんの分もあげよう」

音吉も差し出した。

「あっ、おいしい」

食すなり、おひなが言った。

今年になってずいぶん背丈が伸びた。そろそろ母の背を越しそうだ。

「おまえはどうだ？」

父が末吉に問うた。

「ちょっと苦いけど、おいしい」

八つのわらべが答えた。

「はは、抹茶には苦みがあるからな」

音吉が笑みを浮かべた。

「表で何をして遊んでたの？」

母がたずねた。

「猫がいたから、葉っぱの付いた枝を振ってやってたの」

おひなが答えた。

「そうそう。はつねやできなことという猫を飼いだして、お客さまにずいぶん人気なんですよ」

番頭が思い出したように言った。

「猫、飼いたい」

末吉が言った。

「そうね。いるといいかも」

姉のおひなも言った。

「きなこは雌だから、そのうち子を産むよ。そのうちの一匹をもらってくればいいでしょう」

喜作が笑顔で言った。

「それはいいね。頼むよ、番頭さん」

あるじが乗り気で言った。

「承知いたしました」

喜作は小気味よく頭を下げた。

第五章　最後の安倍川餅

一

ちりん、ちりん……。

谷中の路地に涼やかな音が響いている。

風鈴だ。

両国の川開きも終わり、江戸に夏がやってきた。はつねやにとっては、初めて迎える夏だ。

「これくらいの風鈴でちょうど良かったわね」

おはつが言った。

「そうだな。あんまり大きいとうるさいから」

音松が答える。

「なんだかふしぎそう」

おはつはきなこを指さした。

妙な音がするせいか、長床几の上に乗った猫が黄色い目を見開き、きょとんとした顔で見上げている。

「なら、頼むぞ、看板猫」

音松はきなこに声をかけて中に入った。

「支度ができました」

巳之作がいつもの明るい声で言った。

「おう、頼む。次の汁粉も冷やしておくから」

「お願いいね、巳之作さん」

音松が軽く右手を挙げた。

戻ってきたおはつが笑みを浮かべた。

「承知で」

巳之作はいい声で答えた。

「今日の冷やし汁粉は白玉だけじゃなくて寒天も入ってる。きっとお客さんに喜んでいただけるだろう」

音松は手ごたえありげに言った。

今日は紫陽花《あじさい》をつくる。職人の手わざが光る上生菓子《じょうなまがし》だ。

上生菓子にはさまざまなものがある。

餡に餅生地を加えてしっかりと練り上げ、色や形で妍を競う練り切りもあれば、餡や山の芋を使い、彩りばかりでなく細かな飾りでも目を楽しませるきんとんもある。

練り切りを芯にして、竹べらや箸などの道具を使い、細い紐や短冊の形をしたそぼろ餡や寒天などを一つ一つていねいに貼りつけていくものもある。雨上がりの紫陽花をかたどったものは、音松の得意とする菓子の一つだった。

つくる過程で寒天の破片が出る。それを冷やし汁粉に添えてみることにした。青い色の付いた寒天だから、なおのこと涼味が増すだろう。

「では、行ってまいります」

巳之作が表に出た。

「行ってらっしゃい」

おはつが見送りの声をかけた。

路地を吹きわたる風を受けて、ちりんちりん、とまた涼やかに風鈴が鳴った。

二

「はい、こちらが紫陽花、こちらが川開きでございます。それと、冷たい麦湯も」

おはつが表の長床几に盆を運んだ。

「わあ、おいしそう」

菜の花のつまみかんざしを髷に挿した娘が紫陽花の皿を手に取った。

「食べるのがもったいないわね」

もう一人の娘は、鮮やかな赤い椿のつまみかんざしだ。

こちらは川開きの皿をひざの上に置いた。両国の川開きといえば、花火が名物だ。

その美しいさまを色とりどりの細い短冊で表した手のこんだ上生菓子だった。

「では、ごゆっくり」

麦湯を置いたおはつは盆を小脇にはさんで一礼した。

「はい、ありがたく存じます」

「ゆっくり味わわせていただきますので」

二人の娘が笑顔で言った。

菜の花がおすみ、椿がおみよ。

幼なじみの二人は、習いごとの帰りにちょくちょくはつねやに寄ってくれるようになった。おいしい菓子を賞味して、人なつっこい猫のきなこをなでる。それを楽しみに通ってくれる娘はこの二人ばかりではない。ときには二つの長床几が埋まってしまうことまであった。

「わあ、甘くておいしい」

紫陽花を匙で切って口に運んだおすみが言った。

「ほんと。でも、甘すぎない」

川開きを少し味わったおみよがうなずく。

ちりん、と鈴の音がした。

「風鈴かと思ったら」

おすみが笑った。

「おはよう。きなこちゃん」

おみよが声をかける。

いつもの座布団に陣取っていたきなこが目を覚まし、むくむくと起き上がったときに鳴った鈴だった。

「猫はいいわね。習いごともなくて」

おすみが言う。

「でも、今日は楽しかったから」

と、おみよ。

今日は袋物づくりの習いごとだった。巾着をつくり、糸で名を縫いこむ。名のほうはいくらか曲がってしまったが、まずまずの仕上がりだった。

「いずれ、こういうお菓子も習いたいわね」

おすみがいくらか声を落として言った。

「そうね。そのうち、おかみさんに話してみようよ」

おみよも小声で言う。

「うん」

娘たちの相談がまとまった。

三

「今日は飛ぶように出ましたねえ」

三度目の振り売りから戻ってきた巳之作が笑顔で言った。

「そうかい。やっぱり寒天のかけらが入ってたのがよかったのかな」

音松が答えた。

「青くて見た目が涼やかですからね」

と、巳之作。

「なら、青の寒天を使った菓子をもっと思案しよう」

はつねやのあるじは乗り気で言った。

「緑でもいいかも」

おはつが案を出した。

「そうだな。そのあたりで思案するか」

音松は一つ手を打ち合わせた。

だいぶ日が西に傾いてきた。そろそろ終いごろだ。

「長床几をしまいますか？」

巳之作が問うた。

「そうね。中へ入れたら湯屋へ行ってちょうだい」

おはつが答えた。

だが……。

巳之作がしまう寸前に、嚢《ふくろ》を背負った男がやってきて長床几に座ってしまった。

これでは片づけられない。

「いらっしゃいまし」

気配を察して表へ出たおはつが声をかけた。

「ここは……」

はっとしたように男が顔を上げた。

どうやら菓子屋と分かって長床几に座ったわけではないらしい。

「はつねやという菓子屋でございます。そろそろ終いごろですが、安倍川餅などをお出しできますが」

おはつは笑みを浮かべて言った。

「安倍川餅、か……」

男はいくらか遠い目つきになった。

齢は四十くらいか、顔にはだいぶ疲れの色が見える。ほおはげっそりとこけ、見るからにやつれていた。このあたりではあまり見かけない顔だ。

「それに、お茶をお持ちしますが」

おはつはなおも言った。

「なら……食うか」

客は張りのない声で答えた。

「承知しました。少々お待ちいただきます」

おはつは一礼して中へ戻った。

座布団に陣取っていたきなこもひょこひょこついて入る。

「先に湯屋へ行っておいで。わたしがしまっておくから」

音松が言った。

「はい。なら、お先に」

振り売りを終えた巳之作はいそいそと支度を整えて出ていった。

安倍川餅ができた。

今日の最後の客に、おはつが盆を運んだ。

「お待たせいたしました。お茶と安倍川餅でございます」

運ばれてきたものを見て、客の表情が少しやわらいだ。

「わらべのころに食ったきりだな、安倍川餅は」

男は感慨深げに言った。

「さようでございますか。どうぞごゆっくり」

おはつは頭を下げた。

「最後に食うには、ちょうどいいかもしれねえな」

男は半ば独りごちると、湯呑みにゆっくりと手を伸ばした。

そのさまを見たおはつの顔つきが、そこはかとなく変わった。

四

「やっぱり気になる」

おなみに歩く稽古をさせようとしていたおはつが、手を止めて言った。

両手を持って互い違いに動かしてやると、わらべはちゃんと足を動かす。笑みも浮かべて楽しそうだ。

しかし、いざ手を放すと、まだこわいようで、どうしても初めの一歩を踏み出すことができなかった。

「いまのお客さんかい？」

音松がたずねた。

「そう。『最後に食う』っていう言葉が引っかかって。今日の終いものの『最後』かと思ったんだけど、何か思いつめたような顔をしてたから」

おはつはあいまいな顔つきで答えた。

「そりゃ、ひょっとしたら……」

音松も思い当たった。

「ちょっと見てくる。この子をお願い」

おはつはおなみを音松に託すと、急いではつねやから出ていった。

路地を出て、表通りを五重塔のほうへ少し進んだとき、ひときわ上背のある大男に出くわした。

五重塔の十蔵親分だ。

「ああ、親分さん、いいところに」

おはつは小走りに駆け寄った。

「どうした？」

十手持ちが問う。

おはつは息せき切って、かいつまんでいきさつを伝えた。

「その男の人相となりは？」

十蔵親分は口早に問うた。

「ほおがげっそりこけてて、鬢の端のほうがいくらか白くて……あ、そうだ、紺色の嚢を背負ってました。中身は何か分かりませんが」

おはつはすぐさま答えた。

「紺色の嚢だな。そいつぁ目印になるぜ」

親分の顔つきが引き締まった。

「もっと早くわけを訊けばよかったんですけど、お客さんが帰られたあとにだんだん気になってきて」

おはつは胸に手をやった。

「分かった。とにかくそいつを探そう」

十手持ちは帯をぽんと手でたたいて気合を入れた。

五

谷中にはいくたびも来た。

五重塔の裏で、善助《ぜんすけ》はため息をついた。

むかし、足しげく通ったのは感応寺の富突だった。初めのころにいい当たりが出て、天にも昇るような心地になった。思いがけず得たたくさんの銭で、うまいものを食い、遊郭にも繰り出した。

あれがつまずきのもとだった……。

いまにしてそう思う。

善助は寿司職人だった。腕は良かった。しゃりも握り具合もたれも、ほかの寿司屋には引けを取らなかった。

あのまま実直に暮らしていれば、こんなことにはならなかった。

だが、もう遅い。

初めの当たりで得た銭を使い果たしたとき、考えを改めればよかった。これからは地道に、寿司屋の稼ぎで暮らしていくと決めればよかった。

そもそも、屋台の寿司がもっぱらの江戸の町でのれんを張れていたのだから、それで充分だった。常連のお客さんを大事にして、一日一日を気張ってつとめるだけで何も不足はなかったのだ。

こみ上げてくるのは、苦い悔いばかりだった。

なまじ初めにいい思いをしてしまったのが仇《あだ》となってしまった。夢よもう一度とばかりに、善助は富突に入れこんだ。

しかし、そうそう当たるものではない。外れが続くとすっかり頭に来てしまい、陰富《かげとみ》（非合法な富突）にも手を出すようになった。

善助は借金をしてまでしきりに富札を買った。それでも当たらない。ふと気づいたときには馬鹿にならない借金がかさんでいた。

そのうち番付にも載りそうだった寿司屋は、とうとう借金のかたに取られてしまった。女房はすっかり愛想をつかし、娘を連れて出ていった。

あとには何も残らなかった。富突に入れこんだせいで、すべてを失った男だけが残された。

かくなるうえは、死ぬしかない。

そう思いつめて、善助はここまでやってきた。

大川に飛びこむことも考えたが、谷中にした。道を誤るきっかけになった町だが、思い出に残る景色も多い。桜ごしにながめる五重塔はえも言われぬ美しさだった。

まだ家族の仲が良かったころ、谷中へ花見に来た。娘を抱っこして、桜の花を見せてやった。あのときの笑顔がいやにありありとよみがえってきた。

茶見世で団子を食った。みたらし団子も草団子もうまかった。最後に食べた安倍川餅を呼び水にして、さまざまな味が数珠つなぎになって思い出されてきた。

あのときも、五重塔が見えた。塔はむかしと同じだが、おのれはすっかり駄目になってしまった。安倍川餅を食う銭はなんとかあったが、もう文無しだ。

善助はゆっくりと五重塔の裏手へ歩いた。

松が植わっている。見たところ、頑丈そうな枝ぶりだ。

ふっ、と一つ、善助は息をついた。

そろそろ、おさらばだ。

最後の最後に、うまいものを食うことができた。お茶も呑んだ。あれでもう思い残すことはない。

安倍川餅のきなこの味が、だしぬけによみがえってきた。ほんのりとした素朴な甘みも忘れがたかった。

もう、いい。疲れた。

善助は背に負うた嚢を下ろし、中身を取り出した。

縄だ。
これを松の枝に掛け、首を吊って果てるつもりだった。
ちょうどいいところが見つかった。善助は縄をしっかりと結びつけた。
そのとき……。
うしろから、だしぬけに声が響いた。
「待ちな」
大男が十手を抜いて近づいてきた。

六

がっくりとうなだれる善助を半ば引きずるように、十蔵親分ははつねやまで連れ帰ってきた。むろん、おはつも一緒だ。
見世には隠居の惣兵衛がいた。音松から話を聞いていたらしく、いきさつはすぐ呑みこんだようだ。

「命あってこそだよ。ま、座りな」

隠居は腰を上げ、小上がりの座敷の横木に座布団を置いた。

「へい……」

善助は力なく腰を下ろし、髷に手をやった。

「おめえ、銭は」

親分が問う。

「ここで安倍川餅を食ったら、文無しに」

善助は答えた。

「えらく高《たけ》え安倍川餅みてえだな」

十蔵親分が軽口を飛ばし、場の気をやわらげた。

「ところで、お名は？」

おはつが問うた。

「善助。善に、助ける」

世をはかなんで死のうとした男が告げる。

「なりわいは何をやってたんだい、おまえさん」

隠居が笑みを浮かべてたずねた。

「寿司屋をやってましたが、つぶしちまいました。富突に入れこんじまったのがしくじりで」

善助は顔をしかめた。

「十年前までは、そういうやつがずいぶんいたな。門前町が富突でにぎわうのも善し悪しだ」

長年、谷中で十手持ちをつとめてきた親分が言った。

「寿司屋なら、梅寿司あたりでくわしい話を聞くのはどうだろうかねえ」

隠居が水を向けた。

「おう、そうだな。銭はおれが払ってやるから」

十蔵親分は帯を軽くたたいた。

女房が常磐津《ときわづ》の師匠でいくたりも弟子を取っている。そちらの実入りもあるから、銭に困ることはないようだ。

「なら、うちにも縁があるから、おまえさんも」

おはつが音松に言った。

「そうだな。学びも兼ねて寿司も食いたいし」

音松は乗り気で答えた。

かくして、話が決まった。

七

谷中には、菓子屋のほかにもさまざまな見世がある。

感応寺の門前がいちばん拓けてはいるが、七面坂《しちめんざか》のほうにも、三崎坂《さんさきざか》から団子坂下にかけても、ちらほらとのれんが出ている。

閑古鳥が鳴いていたころはそれどころではなかったが、ごくたまにだがよそへ舌だめしに行く余裕が生まれていた。さりながら、いくらか離れていることもあって、音松が梅寿司ののれんをくぐるのは初めてだった。

「三崎坂を下ったところだから、もう少し歩くがね」

健脚の隠居が言った。

「腹減ってるだろう」

親分が善助に問う。

「へえ、縄を捨てたら、急に腹が」

善助は腹に手をやった。

まだ嚢は背負っているが、中身は空だった。親分が縄を捨てさせたからだ。

「お、やってるね」

隠居が指さした。

見世の名に合わせた紅梅色ののれんが行く手に見えた。

できすぎた名だが、梅寿司のあるじは梅造《うめぞう》、おかみはおうめという。梅つながりで縁ができて夫婦になったというのだから分からないものだ。

檜の一枚板の席と小上がりの座敷だけの見世だが、寿司も肴も侮れないものを出す。酒も上等の下り酒だ。

「その名のとおり、梅干しを散らした寿司なんぞも出すが、ここは穴子の寿司がうめえんだ」

なじみの十蔵親分が言った。

「この人も寿司屋だったそうなんで、連れてきたんだよ」

惣兵衛があるじに言う。

「さようですか。なら、お仲間だ」

豆絞りの寿司屋が白い歯を見せた。

「いや、おれは富突に入れこんでつぶしちまったから」

善助が肩を落とす。

「坂は下りがあれば上りもありますよ」

丸髷に梅の簪を挿した小粋なおかみが言った。

「そうそう、うちの前の道とおんなじで」

梅造が手で示した。

「相変わらず口が回るな」

と、親分。

「へい、それだけが取り柄で。……お待ち」

梅造は穴子の握りを出した。

ふっくらと炊き上げた穴子は、そのまま食してもうまいくらいだ。それを握りにし、秘伝のたれをたっぷり塗って供する。毎日少しずつ注ぎ足しながら使ってきたこくのあるたれだ。

「ああ、おいしい」

音松が感に堪えたように言った。

「ありがたく存じます」

おかみが真っ先に答えた。

「こちらは感応寺前のはつねやっていうお菓子屋さんのあるじで、音松さんだ」

隠居が紹介してくれた。

「はつねやの音松でございます。今年から谷中に菓子屋ののれんを出させていただいております」

音松はていねいに告げた。

「さようでしたか。じゃあ、伊勢屋や名月庵の並びで？」

おかみのおうめがたずねた。

「いえ、うちは新参者なので、路地でひっそりと」

音松はいくらか首をすくめて答えた。

「味は、はつねやのほうが上なんだよ。鮎をかたどった焼き菓子なんかは本当にもう絶品でね」

隠居がそう持ち上げてくれた。

「さようですか。では、今度ぜひ」

おかみが如才なく言った。

「はい、お待ち」

梅造は鮮やかな手つきで、次々に穴子の握りを仕上げていった。

「おう、なんべん食ってもうめえな」

十蔵親分の顔がほころぶ。

「これは……とろけるようですね」

音松は目を瞠った。

「うまいだろう？」

隠居が笑みを浮かべる。

「ありがたく存じます」

梅寿司のあるじも満足げな顔つきだ。

「おう、どうでえ」

親分が隣の善助に訊いた。

ちょうど穴子寿司を胃の腑に落としたところだ。

善助は答えなかった。

その目尻からほおにかけて、つ、とひとすじの水ならざるものがしたたり落ちていく。

「……うめえか」

十蔵親分は情のこもった声で言った。

善助がうなずく。

「なら、もう一つ」

梅造が小気味よく手を動かしだした。

「生きていればこその味だね」

そこはかとなくさとすように、隠居が言った。

「へえ……料簡違いでした」

善助はのどの奥から絞り出すように言った。

「雪はいつか解けるので」

いきなりの大雪で苦労した音松も言う。

「へい、お待ちで」

次の穴子が来た。

善助は軽く両手を合わせてから寿司をつまんだ。

胃の腑に落とし、ほっと一つ太息をつく。

「穴子は天麩羅も揚げますんで」

梅造が指を一本立てた。

「食べやすいように切ってお出ししますから」

おうめが和す。

「おめえ、住むところは？」

親分が訊いた。

「いいえ、払いをためこんで長屋を追い出されちまいまして」

善助が情けなさそうに答えた。

「行くところがねえのか」

十蔵親分がさらに問う。

「へい」

善助は力なくうなずいた。

「なら、権兵衛《ごんべえ》さんのところはどうかねえ」

隠居が十手持ちの顔を見た。

「おれも思案してたんだ、ご隠居」

十蔵親分はにやりと笑った。

「権兵衛さんと言いますと？」

新参者の音松が訊いた。

「ここいらの差配でね。長屋を二つ持っていて、棒手振りや屋台のあきんどなども束ねているんだ」

隠居が答えた。

「団子坂下の権兵衛って言やあ、十手を持たねえ親分みたいなもんだ」

当の親分が言った。

「権兵衛さんなら、親身になって世話をしてくださるでしょう」

梅造はそう言うと、鮮やかな手つきで穴子を胡麻油の大鍋に投じ入れた。

「とりあえず、雨露をしのぐとこくらいは按配してくれるだろう。つとめだって、いろいろあらあな。身は動くんだろう？」

親分が問うた。

「へい、心がけのほかは悪いとこはどこも」

善助は苦笑いを浮かべた。

「なら、心がけさえ改めればいいね」

隠居が温顔で言う。

「へい。これを機に改めます」

善助の表情が引き締まった。

ここで穴子の天麩羅が揚がった。

しゃっと油を切り、まっすぐに揚がった穴子を素早く切る。天つゆを添えて出すまで、ほれぼれするような手の動きだった。

「おっ、おめえから食いな」

親分が善助のほうを手で示した。

「……ありがたく存じます」

善助は一礼してから穴子の天麩羅に箸を伸ばした。

さくっ、と噛む。

味わううちに、また涙がほおを伝った。


こういう菓子をつくらなければ。

味わったお客さんが、思わず涙するような菓子を。


善助の様子を見ていた音松は、そう肝に銘じた。

「人手がいないんであきらめてたんですが、寿司の屋台を根津のほうへ出す案もあったんですよ」

天麩羅を出し終えた梅寿司のあるじが言った。

「いまは二人の子を長屋の両親が見てくれてるんで助かってるんですが、それでも屋台までは無理なので」

おかみも言う。

「根津は遊郭なんぞで人が来るから、屋台を出すのはいいかもしれねえな」

と、親分。

「なら、やってみたらどうだい」

隠居が水を向けた。

「おいらが屋台を？」

善助は驚いたような顔つきになった。

「寿司は年季が入ってるんだろう？」

隠居が問うた。

「へえ、まあ、むかしは評判のいい寿司屋だったんですが」

善助の顔つきがまた曇った。

「なら、ちょいと握ってみな」

親分が身ぶりをまじえた。

「いまからですか？」

善助が問うた。

「おう。腕を見せてくれ」

十蔵親分は渋く笑った。

「次は縁起のいい光りものを握るつもりだったんで」

梅寿司のあるじが言った。

「小鰭《こはだ》ですね。なら、ちょいと」

善助は腰を上げ、厨《くりや》に入った。

手を洗い、ふっと息をついてからしゃりを握る。なかなかに堂に入った手つきだ。

「へい、お待ちで」

按配よく酢じめにした小鰭の握りを、善助はまず親分に出した。

続いて、隠居と音松にも出す。

「ほう」

と、梅造が声を発した。

梅寿司のあるじにも劣らないほどの指さばきだ。

「うまいね」

隠居が言った。

「しゃりが口の中でほどけます」

音松も味わうなり言う。

「ありがたく存じます」

善助はうるんだ目で頭を下げた。

「これなら、そのうち屋台を頼めるかもしれませんな」

梅造は乗り気で言った。

「へえ、その節はよしなに」

善助はそう答えると、目元に指をやった。

「今夜のところは、権兵衛に引き合わせて、ゆっくり休むまでだ。湯屋も近くにあるからよ」

十蔵親分が言った。

「何から何まで、ありがたく存じます。明日から料簡を入れ替えて、気張ってやりますんで」

最後に安倍川餅を食べて死ぬつもりだった男は、にわかに生まれ変わったような顔つきで答えた。

第六章　二色の蓮

一

「あっ、巳之作さんが帰ってきた」

おはつが気配を察して表に出た。

「はい、売り切れー」

振り売りの若者が笑顔で戻ってきた。

白玉と寒天を散らしたはつねやの冷やし汁粉は大の人気で、往来で客が群がるほどだった。

「お疲れさま。ちょっと入って、見てやって」

おはつが手招きをした。

「新たな菓子ですか？」

巳之作はそう言ってのれんをくぐった。

「よし、お兄ちゃんのとこまで」

音松がおなみに声をかけた。

「おおっ」

巳之作が目を瞠った。

いままでどうしても一歩を踏み出せなかったおなみが、とことこと歩いてきたのだ。

「しっかり、おなみちゃん」

おはつが声をかけた。

「よしよし、ここまで」

巳之作が中腰になって手をたたく。

「あ、駄目よ、きなこちゃん、邪魔したら」

わらべの足元をちょろちょろした猫に向かって、おはつは言った。

踏まれると思ったのか、猫がすぐ逃げる。

おなみはまた歩きだした。

そして、滞りなく巳之作のところまでたどり着いた。

「わあ、凄いね、おなみちゃん」

巳之作の声が弾んだ。

「よし、今度はおとうのとこまで」

音松が手をたたいた。

「はい、向きを変えて」

おはつが娘の脇の下に手を入れ、ひょいと向きを変えた。

「歩けるようになったんですねえ」

巳之作が笑みを浮かべた。

「初めの一歩を踏み出したら、あとはとことこ歩いたんで驚いたんだ。……さ、こっちへおいで」

音松は両手を伸ばした。

おなみは言葉にならない声を発しながらとことこ歩いていった。

「その調子」

娘の背中に、おはつが声をかける。

「よし、もうちょっと」

音松の声が高くなった。

おなみは父のもとへたどり着いた。

「やったあ」

巳之作が笑顔で言った。

「偉いぞ。もう大丈夫だな」

父は娘を抱っこして言った。

「足は大丈夫？」

おはつが駆け寄って問う。

「大丈夫だな。いまみたいに歩いてるうちに鍛えられていくから」

と、音松。

「なら、そのうち振り売りをやってもらいましょう」

巳之作がずいぶんと気の早いことを言ったから、はつねやに和気が満ちた。

二

「おっ、うまそうなものを食べてるね」

はつねやの前の長床几に座って菓子を食べている娘たちに向かって、隠居の惣兵衛が声をかけた。

「とってもおいしいです」

「夏はこれですね」

すっかり常連になったおすみとおみよが笑顔で答えた。

食しているのは抹茶羊羹だ。見た目も涼やかだから暑気払いになる。

「なら、中でいただくことにしよう」

隠居は軽く片手を挙げて中に入った。

「いらっしゃいまし」

おはつが出迎える。

「わたしも抹茶羊羹を。それから、冷たい麦湯をおくれでないか。久々に根津の権現様へお参りに行ったから、汗をかいたよ」

隠居はふところから市松模様の手拭いを取り出し、額の汗を拭った。

「いつまでもお達者ですね」

おはつが笑みを浮かべた。

おなみは今日も機嫌よく歩いていたが、乳を呑むと眠くなったようで奥で眠っている。

「そりゃあ、若いころはあきないでほうぼうを飛び回っていたからね。お、今日は上がらせてもらうよ」

小間物問屋の隠居は小上がりの座敷に上がった。

抹茶羊羹と冷たい麦湯が来た。

「羊羹は、小豆入りと二種ご用意いたしましたので」

おはつが言った。

「そうかい。そりゃお客さんも喜ぶね」

表から楽しげな笑い声が響いてきた。

隠居はさっそく抹茶羊羹を賞味した。

「いくらかやわらかめにつくってるんだね。ぷるんとしてておいしいよ」

白い眉がやんわりと下がった。

「はい、寒天の割りをいろいろ試してみて、夏はこのかたさにしました」

音松が言った。

「ちょうどいいよ。寒い時分に火のはたでいただく丁稚羊羹と熱いお茶も口福の味だがね。夏の抹茶羊羹と冷たい麦湯もいい」

と、隠居。

「なら、羊羹の両大関ということで」

おはつが笑みを浮かべる。

「春の桜羊羹や、秋の栗羊羹もあるよ」

音松がすかさず言った。

「あ、そうだった。だったら、四大関で」

おはつが指を四本立てた。

「はは、にぎやかな番付だね。あ、そうそう……」

隠居は座り直して続けた。

「根津へ行くとき、善助の屋台に出くわしたんで寿司を食べてきたんだよ」

隠居が伝えた。

「まあ、そうですか。善助さんはお元気そうで？」

おはつがたずねた。

「いい顔色だったよ。初めにここで会ったときとは別人みたいでね。人ってのは変わるもんだねえ」

隠居は答えた。

「それは良かった」

おはつが胸に手をやる。

「寿司のほうはどうでした？」

今度は音松が問うた。

「夏だから、足の早い魚などは外じゃ売れない。そこで、稲荷寿司と梅納豆巻きの二つに絞ってあきなっていたよ」

惣兵衛は答えた。

「梅納豆巻きですか」

「食べたことないわね」

はつねやの二人が言う。

「梅干しと納豆ってのは存外に合うもんだね。わたしも食べてみてびっくりした」

隠居が言った。

「さようですか。じゃあ、今度おっかさんのほうへ行くときに出会ったら」

おはつが言った。

同じ根津だから出くわすかもしれない。

「善助さんは屋台だけですか」

音松が訊いた。

「いや、屋台の寿司を売り終えたら、梅寿司の厨に入って修業をしているよ。修業って言っても、もともとは筋のいい寿司屋だったんだからね。……ああ、ごちそうさま」

隠居が湯呑みを置いた。

そこで、おすみとおみよが空いた皿と湯呑みを持って入ってきた。

「おいしかったです」

「お代を」

今日も髷にかわいいつまみかんざしを飾った娘たちが笑顔で言う。

「まあ、すみません。次からは置いといてくださいよ」

おはつが受け取った。

「毎度ありがたく存じます。四文ずついただきます」

音松が言った。

「はい。……きなこちゃんは奥に？」

おすみがおはつにたずねた。

「おなみの乳母をやってますよ」

おはつは戯れ言めかして答えた。

お乳を呑んでから眠ったおなみに看板猫が添い寝をしている。なんとも愛らしい図だった。

「まあ、かわいい」

「えらいね、きなこちゃん」

常連の娘たちは弾けるような笑顔になった。

三

ややあって、巳之作が振り売りから帰ってきた。

ただし、いつもの笑顔ではなかった。

「ただいま戻りました」

そう言う声も心なしか暗い。

「売れ残ったの？」

おはつが訊いた。

「いえ、品は売れたんですが」

巳之作はややあいまいな顔つきで答え、肩にかついでいた荷を下ろした。

天秤棒の前後に桶が付いている。前には冷やし汁粉、うしろは白玉と寒天。それに、お椀と匙がいくつも入っている。声がかかったら荷を下ろし、柄杓で冷やし汁粉をすくって、白玉と色付きの寒天を入れて客に渡す。

「何かあったのかい？」

奥の仕事場から、音松が問うた。

仕事場は路地の奥側で、通りからも見える。菓子づくりの仕事ぶりに目をとめて、のれんをくぐってくれるお客さんもいた。

「法被の背中に見世の名が入ってますよね」

巳之作はおのれの背を指さした。

「ああ、それが？」

練り切りの兎をつくる手を止めて、音松が訊いた。

「こんな声が聞こえたんですよ。『はつねやの菓子を食ったら腹を下すそうだぜ』って」

巳之作は顔をしかめて答えた。

「そりゃあ、聞き捨てならないね」

座敷から下りて帰り支度をしていた隠居が言った。

「いったいだれがそんなでたらめを」

おはつが色をなす。

「ちらっと見たら、植木の職人らしい二人組でした」

巳之作が告げた。

「うちのご常連にはいないわねえ」

おはつが首をかしげた。

「わたしも心当たりがないな」

音松もけげんそうに言う。

「『はつねやの菓子を食って腹を下したよ』じゃなくて、『食ったら腹を下すそうだぜ』だから、植木の職人はだれかに聞いただけかもしれません」

巳之作が言った。

「なるほど。そうかもしれないね」

隠居がうなずいた。

「だれがそんな根も葉もないひどいことを言ってるのかしら」

まだ怒りの色を浮かべて、おはつが言った。

だれがひどいうわさを流しているのか分かったのは、幾日か経ってからのことだった。

四

路地からは仕事場が見える。

菓子をつくっているところを見て、いい香りをかげば、食べてみようという気が起こるかもしれない。

そんな考えから、仕事場が見えるつくりにした。

いまつくっているのは兎の練り切りだ。白餡を入れた菓子で、小首をかしげたさまが愛らしいが、耳のかたちの整え方などがすこぶるむずかしい。いまのところは兎だけだが、秋には月と合わせて売り出すことも思案しているのだが、まだだいぶ時はかかりそうだった。

音松がそんな兎づくりのために細い竹べらを動かしていると、路地に見慣れない女が二人現れた。どちらも尼だ。

「あ、こちらね」

　年かさの尼が言った。

「のれんが出ています」

　もう一人の尼が穏やかな声音で言う。

「では、お邪魔しましょう」

「はい」

　二人の尼僧は、はつねやののれんをくぐった。

「いらっしゃいまし」

　おはつが出迎えた。

　手を動かしながら、音松も声をかける。

「いらっしゃいまし」

「まあ、元気なことで」

　年かさの尼が目を細めた。

　小上がりの座敷で、おなみがきなこに向かって猫じゃらしを振っていた。棒に赤いひもをくくりつけただけのものだが、猫はしゃらしゃらと鈴を鳴らしながらはしやぎまわっている。

「お客さんだからね、おなみちゃん」

おはつが娘に言った。

「生まれてどれくらいですか？」

年かさの尼がたずねた。

「まだ一年あまりです。やっと歩くようになりました」

と、おはつ。

「それはそれは、かわいい盛りですね」

尼僧はそう言うと、おなみに近づいてやさしく頭をなでた。

接するだけで心が平らかになるような表情だ。

「お菓子とお茶を頂戴できますかしら」

おなみの相手が終わったところで、年かさの尼が言った。

「はい。干菓子も練り切りも羊羹もご用意できますが」

おはつは笑顔で答えた。

「では……」

年かさの尼は思案げな顔つきになった。

「ひとわたり見繕っていただきましょうか」

もう一人の尼が言う。

「そうね。そうしていただけるかしら」

年かさの尼が笑みを浮かべた。

「いま、ご用意いたしますので」

音松が手を止めて言った。

「どうぞお上がりくださいまし」

おなみを座敷から下ろして、おはつが言った。

五

谷中の尼寺、仁明寺《じんみようじ》の尼たちだった。

年かさのほうが大慈尼《だいじに》、若いほうが泰明尼《たいめいに》。ともに白い頭巾と黒い袈裟をまとっているが、数珠の房飾りの色だけが違った。泰明尼は白だが、大慈尼は紫だ。

「お待たせいたしました」

おはつが座敷に盆を運んだ。

音松がつくっていた練り切りの兎に、月に見立てたきなこの団子を添えた。さらに、涼やかな抹茶羊羹、鶴が並んで飛ぶさまを巧みにかたどった落雁も品よく盛り付けた皿を置く。

「これはおいしそうですね」

泰明尼が身を乗り出した。

「心弾む色合いです」

大慈尼も笑みを浮かべる。

「どうぞごゆっくり」

おはつは湯呑みを置いて頭を下げた。

いったん戻り、音松とともに様子をうかがう。

「おいしいわね」

「兎は食べるのがもったいないくらい」

「落雁はどうかしら」

「あ、おいしい」

二人の尼の評判は上々だった。

座敷から響いてくる声を聞いて、音松は思わずうなずいた。

だが……。

次のやり取りを聞いて表情が変わった。

「こんなおいしいお菓子でおなかをこわすだなんて、ひどいことを言いますね」

「やっぱりあそこはやめておきましょう」

「そうですね。よその見世の悪口を言うようなところを使っていては、仏の道にかないませんから」

おはつと音松の目と目が合った。

「あそこってどこかしら」

おはつが声をひそめて言う。

「うちの悪口を言ったところだな」

音松も小声で言った。

「訊いてくる」

おはつは意を決したような顔つきになった。

「ああ、いいぞ」

音松は止めなかった。

「お味はいかがでしょうか？」

座敷の客に歩み寄りながら、おはつは声をかけた。

「とてもおいしゅうございますよ」

大慈尼がすぐさま答えた。

「甘すぎず、あとを引くお味ですね」

泰明尼も笑みを浮かべた。

「ありがたく存じます。このところ、うちの菓子を食べるとおなかをこわすなどとひどいことを言いふらしている人がいるみたいで、だいぶ気に病んでいたんですが、これで心が晴れました」

おはつはうまく話をずらして伝えた。

「ああ、それは……」

泰明尼が大慈尼のほうを見た。

「名月庵ね」

大慈尼があいまいな顔つきで告げた。

六

やはり、そうか……。

音松はそう思った。

そんなひどいことを言いふらすような者といえば、新参者を快く思っていない伊勢屋か名月庵しか思い当たらない。

「長年、うちの寺の法事の菓子をお願いしていたのですが、もうあそこはやめるつもりです」

大慈尼がきっぱりと言った。

「仏の道に外れますので」

泰明尼も引き締まった顔つきで言った。

「ただでさえ門前町に陰りが見えるのに、うちがあとからのれんを出したので、快く思っていないようなんです」

おはつが言った。

「それは料簡が違うでしょう」

年かさの尼がぴしゃりと言う。

「後進が来たら、ふところを広くして迎え入れ、ともに切磋琢磨しながら道を歩んでいく。それが人の道というものです」

「はい」

おはつがうなずいた。

「あきないがたきの悪口を言い、根も葉もないことを言いふらすような料簡の見世はもう使えません。穢れがうつってしまいますから。ついては……」

大慈尼は軽く座り直してから続けた。

「これも何かの縁ですから、今後の法事の菓子は、はつねやさんにお願いしたいと存じます。よろしゅうございましょうか」

思いがけない申し出があった。

「は、はい、それはもう」

おはつがあわてて言った。

やり取りを聞いて、音松も出てきた。

「気を入れてつくらせていただきます。ありがたく存じます」

はつねやのあるじは深々と一礼した。

「うちでは蓮の花の菓子をお出しししているのですが」

と、大慈尼。

「はい、手前どものところに木型がありますので。少々お待ちくださいい」

音松は奥へ向かい、落雁の木型を取ってきた。

「大小の二種がございまして、色合いはいかようにも変えられます。いかがでございましょうか」

音松は蓮の花をかたどった木型を客に見せた。

「ああ、お菓子になったら良さそうです」

大慈尼が言った。

「ていねいな細工ですね」

泰明尼も感心の面持ちで言う。

「では、これでお願いいたします」

大慈尼が笑みを浮かべた。

「承知いたしました。精一杯やらせていただきます」

音松の声が弾んだ。

七

「なら、あとはよしなに。おなみはよく眠ってるから」

おはつが留守番の巳之作に言った。

これから仁明寺に法事用の菓子を届ける。大事な得意先だから、音松とおはつの二人で届けることにした。

「起きて泣きだしたらどうしましょう」

巳之作はいくらか不安そうだ。

「悪いけど、あやしておいて。そんなに遅くはならないから」

おはつがすまなそうに言った。

「菓子も見世置きだけでいいからな」

音松が言う。

「そりゃ、おいらがつくったら、はつねやの評判を下げちまいますから」

巳之作が苦笑いを浮かべた。

猫のきなこがちょろちょろとおはつの足元にすり寄ってきた。

「頼むわね、乳母猫ちゃん」

おはつが首筋をぽんぽんとたたいた。

「みゃ」

わかったにゃとばかりに、きなこは短くないた。

はつねやを出た二人は、仁明寺に向かった。

同じ谷中でも、田端村寄りの富士見坂《ふじみざか》の近くにある尼寺だから、はつねやからは存外に歩く。音松とおはつは道々話をしながら歩いた。

「気に入っていただけるといいんだけど」

おはつが言った。

「いい色合いの蓮の花になったから、大丈夫だと思う」

音松は自信ありげな顔つきだ。

「これを機に、谷中のほうぼうのお寺さんからお声がかかったら万々歳だけど」

と、おはつ。

「そんな欲をかいちゃいけないよ。まずは仁明寺さんのお気に召すような菓子をお届けしなきゃ」

音松はいくらかたしなめるように言った。

「そうね。縁を大事にして」

おはつが思い直したように答えた。

途中で十蔵親分に出会った。

「おう、どこへ行くんだい」

いなせな長身の十手持ちが問う。

「仁明寺さんから法事の干菓子のご注文を賜りまして」

「これからお届けにあがるところです」

はつねやの二人が答えた。

「尼寺か。良かったじゃねえか」

十手持ちは笑みを浮かべた。

「ほんに、ありがたいことで」

おはつが頭を下げた。

「見世はどうしてるんだ?」

十蔵親分が問うた。

「巳之作に留守番をさせてるんですが、心配なので早めに戻ります」

音松は答えた。

「おう、そうしてやんな。なら、しっかりな」

親分はさっと右手を挙げて歩み去っていった。

八

「いい色合いの蓮の花ですね」

住職の妙心尼《みょうしんに》が言った。

かなりの高齢だが、声はよく通る。長年の法話で鍛えてきたのどだ。

「本当に、花弁の黄色が目にしみるかのようで」

大慈尼が言った。

「鮮やかすぎず、ちょうどいい色合いです」

泰明尼がうなずく。

「ありがたく存じます」

まだいくらか緊張気味に、音松は頭を下げた。

「では、いただくことにいたしましょう」

妙心尼が言った。

「はい」

まず大慈尼が手を伸ばした。

蓮の花は大小二つにした。大きなほうは淡い紫色だ。なかなかに出すのがむずかしい色合いだが、幸いうまくいった。

小さいほうは白だ。どちらも花弁は黄色だが、よくよく見ると色合いが違う。花びらに映えるように、いくたびもやり直した色合いだった。

おはつは思わず胸に手をやった。

落雁だから味は同じようなものだが、もし気に入られなかったらと思うと、心の臓がきやきやした。

「おいしゅうございますね」

住職が言った。

ほっ、と一つ、おはつが息をつく。

「舌ざわりが良くて、甘さが上品で」

大慈尼が笑みを浮かべる。

「お茶が恋しくなるお味です」

泰明尼がそう言って湯呑みに手を伸ばしたから、尼寺に和気が生じた。

「ありがたい浄土の消息もそこはかとなく感じるお菓子です。これからも法事に使わせていただきますので」

妙心尼は両手を合わせた。

「あ、ありがたく存じます」

音松も思わず同じように両手を合わせた。

「どうかこれからもよしなに」

思いをこめて、おはつは頭を下げた。

九

お披露目は首尾よく終わった。

大役を終えたはつねやの二人は、大慈尼に庭を案内してもらった。さほど広壮ではないが、清《すが》しいたたずまいの庭だ。

「冬はあそこに富士のお山が見えるんですの」

大慈尼は曇っている空を指さした。

「まあ、それはきれいでしょうね」

と、おはつ。

「それはもう、心が洗われるかのようなお姿ですよ」

尼は穏やかな笑みを浮かべた。

竹箒を動かす音が聞こえてくる。寺にはほかにもたくさんの尼が暮らしていた。

「こちらには何人いらっしゃるのでしょうか」

音松がたずねた。

「おおよそ二十人ほどです。先日また一人、駆け込んで髪を下ろした方がおられましてね」

大慈尼が答えた。

「駆け込んで、髪を」

おはつはちらりと髷に手をやった。

「ええ。実を申しますと、わたくしもむかしはそうでした」

大慈尼が明かした。

「大慈尼さまも？」

おはつが目を瞠った。

「ええ。夫と子を続けざまに亡くして、生きる望みを失くしてしまいましてね。どこぞで死のうかと思ってあてどなく歩いているうちに、ここのうわさを聞きましたの。それで、亡き夫と子の菩提を弔うために、尼になる決心をしたのです」

大慈尼は穏やかな声音で告げた。

「そんなご苦労を……」

と、おはつ。

「お気の毒なことでございました」

音松も面伏《おもぶ》せに言った。

「でも、尼寺に入ってみてよく分かりました。つらい目に遭ったのはわたくしだけではないと。ほかにもたくさんの方が悲しい思いをし、涙を流し、そのようにしてこの世の中は続いてきたのだと」

大慈尼の言葉に、おはつは深くうなずいた。

「あれからずいぶん経ちました」

池の周りをゆっくりと歩きながら、大慈尼は言った。

「悲しみに沈んでいたころより、空が近く見えます。逝ってしまった人たちは、蓮の花に抱《いだ》かれて、あそこで平穏に暮らしている。もう苦しむこともない。そう考えると、心の中にあたたかいものが流れこんでくるかのような心地がいたします」

尼は言葉を切り、空を見上げてから続けた。

「わたくしも遠からずそこへ参ります。その日が来るまでは、一日一日を大切にして、もろもろのものに感謝をしながら過ごしていきたいと念願しているのです」

大慈尼はそう言ってまた両手を合わせた。

「もろもろのものに、感謝を」

音松は復唱した。

そういう心がけでつくらなければ。

菓子に思いをこめなければ……。

はつねやのあるじも空を見た。

鳥が二羽、互いに競うように飛び去っていく。
その姿が見えなくなるまで、音松はじっと目で追っていた。

第七章　紅葉の風

一

「お待たせいたしました。白玉と寒天入りの冷やし汁粉でございます」

おはつが笑顔で盆を運んでいった。

「わあ、今日はいちだんときれい」

常連のおすみが瞳を輝かせた。

「寒天が三色も」

おみよが瞬きをする。

「ほんと、白玉の白もつやつやしてる」

もう一人の娘が言った。

ありがたいことに、今日は寺子屋の仲間をつれてきてくれた。おすみとおみよは習い事ばかりでなく、寺子屋も同じだ。

「冷たい麦湯と抹茶羊羹、それに兎の練り切りや三色団子もお出しできますので」

おはつはにこやかに告げた。

「うーん、どれも食べたいけど……」

おすみが小首をかしげる。

「とりあえずこれで」

おみよが匙で冷やし汁粉を示した。

「承知しました。では、また声をかけてくださいね」

おはつはそう言って見世に戻った。

寒天の三色は、青と赤と緑だ。色粉や抹茶を使うから手間はかかるが、色を増やすと白玉と汁粉の色がさらに際立つ。

娘たちの声は見世の中にも響いてきた。

「いつもながら、おいしいわねえ」

「どう？　おたえちゃん」

初めて来てくれた娘の名はおたえというらしい。

「お汁粉もおいしいけど、白玉もねろねろしてておいしい」

おたえの弾んだ声が聞こえてきた。

「お客さんの言葉が何よりの引札ね」

おはつが声を落として音松に言った。

「ありがたいことで」

あるじは笑みを浮かべた。

「おかみさーん」

ややあって、おすみの声が響いた。

「はいはい、ただいま」

おはつがいそいそと出る。

「三色団子ってどういうものですか?」

おすみがたずねた。

「みたらし、餡、抹茶の三色が一串ずつのお皿になってます」

おはつは指を折りながら答えた。

「ああ、そうなんだ」

「わたし、一本の串に三色かと思った」

おみよが言った。

「そういうときもありますよ。白と草団子と桜団子。きび団子やきなこ団子も」

おはつはどこか唄うように言った。

「どれもおいしそう」

と、おすみ。

「なら、わたしは一皿」

おたえが手を挙げた。

「わたしも」

「わたしも」

おすみとおみよも続く。

「承知しました。冷たい麦湯もお持ちしましょうか」

おはつが問う。

「はい」

「ください」

娘たちの声がそろった。

二

音松は引き出物の鯛をつくっていた。

しばらく見本を飾っているだけで、どこからも注文が来なかったのだが、久々に鯛の木型の出番が来た。

注文してくれたのは、仁明寺の檀家筋の客だった。尼寺ではつねやの評判を聞き、のれんをくぐってくれたらしい。ありがたいことに、客が次の客を呼んでくれるようになった。初めはどうなることかと思われたが、やっと水車《みずぐるま》がいい按配に回りはじめた。

押しものの鯛は、紅粉の使い方が命だ。ほんのりと桜色に染まった鯛が生き生きと泳いでいるかのようなさまにするためには、なかなかに年季が要る。花月堂で十年修業した音松の鯛は折り紙付きで、型から抜くと息を呑むほどの仕上がりになった。

「あら、起きたのかい？」

奥から出てきたおなみに向かって、おはつは声をかけた。

これまでと違って、勝手に起きて歩いてくれるから助かる。

一緒にきなこも出てきた。両の前足をそろえて伸びをする。

「お客さまが来てるわよ、きなこちゃん」

おはつが言った。

通じたわけではあるまいが、きなこはいそいそと鈴を鳴らしながら表へ出ていった。

「わあ、この子がきなこちゃん？」

おたえの声が響いた。

「そう。はつねやの看板猫なの」

おすみが笑みを浮かべる。

そのひざへ、きなこはひょいと飛び乗った。

「かわいいね。お団子、おいしいよ」

おみよが猫に言う。

「麦湯、お待たせしました」

おはつが盆を運んでいった。

「お団子、どれもおいしいです。……よしよし、いい子ね」

おすみが猫の首筋をなでる。

きなこは気持ちよさそうにのどを鳴らしはじめた。

「おすみちゃん、一つずつ食べてるから」

と、おみよ。

「わたしはみたらしからいただいてます」

おたえが笑みを浮かべた。

「餡もそうだけど、甘すぎなくてあとを引くお味ですね」

おすみがそう言って、麦湯の湯呑みに手を伸ばした。

「嬉しいわ。そう言ってもらえると」

おはつが笑顔で答えた。

もう常連だから、だいぶ口調がくだけてきた。

「あ、そうそう、先生のことをお伝えしないと」

おみよが朋輩に言った。

「先生って？」

おはつが訊いた。

「わたしたちが通ってる寺子屋の先生なんです。夫婦で教えてくださってるんですけど、どちらも甘いものが好きなので、はつねやさんのお話をしたらそのうちぜひ行ってみたいと」

おすみが答えた。

「まあ、それはそれは。寺子屋はどちらに？」

おはつはさらに問うた。

「上野のほうへしばらく歩いたところで」

「そんなに離れてないんです」

「往来堂《おうらいどう》っていう寺子屋で」

「林一斎《はやしいっさい》先生と千代《ちよ》先生です」

娘たちは競うように答えた。

「そう。なら、楽しみにしてるわ。あ、お団子がかたくなっちゃうから」

おはつは身ぶりをまじえた。

「ええ、いただきます」

「抹茶団子もおいしい」

「冷たい麦湯もね」

娘たちの声がにぎやかに響いた。

三

寺子屋の先生たちがはつねやにやってきたのは、翌る日のそろそろ見世じまいかという頃合いだった。

「お、まだやってるね」

「まあ、かわいい猫が」

外で話し声がしたかと思うと、総髪の男と丸髷の女がのれんをくぐってきた。

「いらっしゃいまし」

音松が出迎えた。

おはつは奥でおなみに乳をやっている。巳之作は振り売りを終えて機嫌よく湯屋へ行った。

「教え子たちから勧められて来てみました」

つややかな総髪の男が白い歯を見せた。

「おいしいという評判だったので」

その女房とおぼしい女も笑みを浮かべる。

「すると、林先生でいらっしゃいますか？」

音松が訊いた。

「さようです。女房の千代と二人で往来堂という寺子屋を営んでおります」

林一斎はやわらかな物腰で告げた。

「人が往来するようにという願いをこめてつけた名なんです」

千代が言った。

「さようですか。教え子さんたちにはよくお越しいただき、助かっております。今日は餡団子や抹茶羊羹、それに落雁くらいしか残っておりませんが、見繕ってお出しいたしましょうか」

　音松が問うた。

「そうしていただければ」

「どれもおいしそうです」

　林夫妻が答えた。

　そこで、おなみを寝かしつけたおはつがあわてて奥から出てきた。

「まあ、ようこそのお越しで。おかみのはつと申します」

　おはつは座敷に両手をついて礼をした。

「林一斎です。甘いものが好きなので、楽しみにしてきました」

「わたくしも」

　寺子屋の二人の先生が言った。

「では、表の長床几でも、お座敷でも、どちらでもお好きなほうに」

　おはつが身ぶりをまじえて言った。

「どうしましょう」

　千代が夫の顔を見た。

「表もいいけど、中のほうがゆっくり話ができるかもしれないね」

一斎が答えた。

「では、お座敷で」

千代が笑みを浮かべた。

「承知いたしました。では、どうぞ」

おはつも笑顔で座敷を示した。

四

菓子と茶の支度をしているあいだに、隠居の惣兵衛もふらりと姿を現した。話し相手にはちょうどいいから、隠居も座敷に上がった。

「おいしいお団子ですね」

千代が餡団子を味わうなり言った。

「つきたてじゃなくて、相済まないのですが」

音松が申し訳なさそうに言った。

「いえいえ、餡がいい塩梅で」

千代が言う。

「はつねやの菓子は、よろずに甘すぎないのがいいんですよ」

隠居が温顔で言った。

「そうですね。ただし、砂糖はいいものをお使いだ」

一斎はそう言って、抹茶羊羹を口中に投じた。

なかなかに侮れない舌の持ち主のようだ。

「修業先の手づるで、讃岐の和三盆を使えるのはありがたいことです。ただし、わらべ向けの菓子などは、甘藷から抽出した甘みなども使っておりますが」

音松が言った。

「田端村の義理の兄さんたちがいい甘藷を育てて、水飴までつくってくださっているんですよ」

おはつが言い添える。

「そういう身内の仕入れ先があると心強いですね」

　一斎がそう言って湯呑みに手を伸ばした。

「ええ、助かります」

　おはつは軽く両手を合わせた。

「ところで、うちの教え子たちが、そのうちお菓子づくりを学んでみたいと言っているんですが」

　千代が言った。

「さようですか。それは喜んでお教えしますよ」

　音松が乗り気で言った。

「何でもやってみたい年頃だからね」

　隠居が笑みを浮かべる。

「寺子屋のほかに袋物づくりや琴などを習っているようです。みな町場の娘さんですが、昨今は親御さんが熱心でしてね」

　一斎がそう言って落雁の鶴を口中に投じた。

「そうみたいだね。いろいろな習いごとをして、寺子屋で学んで、あわよくば武家屋敷、さらに望めば大名屋敷に奉公に上がることができれば、親としてもほまれで、見返りもあるから」

物知りの隠居が言った。

「ごくまれに、玉の輿《こし》に乗る娘が出たりしますものね」

千代がそう言って抹茶羊羹を口に運んだ。

「玉の輿ですか？」

おはつが問う。

「そうです。大名屋敷に行儀見習いに行ってお殿様に見初められ、側室になってお世継ぎを産み……といった読本みたいな話がなくもないですから」

羊羹を食べている千代の代わりに、一斎が答えた。

「なるほど。それでいろいろな習いごとを」

おはつがうなずく。

「いや、そこまでは考えていないと思いますが、いろいろな技芸を身につけていれば、いい嫁ぎ先が見つかるかもしれないという思いはあるでしょう。そもそも、御殿奉公をつとめあげれば、良縁は引く手あまたですから」

一斎が分かりやすく述べた。

「だから、親御さんも習いごとを競うようにやらせるわけだね」

得心のいった顔つきで、隠居が言った。

「わたしはそれどころじゃなかったですけど、このところは寺子屋に通う娘さんがずいぶん増えたようですね」

おはつが言った。

「教えるほうもずいぶん増えたんですよ。……ああ、いいお味でした」

千代が満足げに匙を置いた。

「寺子屋の女師匠はもう珍しくはなくなったからねえ」

と、隠居。

「ええ。むかしはたいてい武家の妻女がつとめたものですが、近頃は寺子屋で研鑽を積んだ町場の娘さんが師匠になることもあります」

千代が答えた。

「いろいろといい書物が出ているからね。ここのあるじも菓子の書物を買ってよく学んでるけれど」

惣兵衛が音松のほうを手で示した。

「いえいえ、まだ腕が甘いので」

音松はあわてて手を振った。

「何より大切なのは、学ぶという心がけですから」

一斎が笑みを浮かべた。

「ところで、菓子づくりというのは、娘さんたちの役に立ちますでしょうか。ほかにもいろいろ習いごとはあるでしょうから」

いくぶん不安げにおはつが問うた。

「それはもう」

千代がすぐさま答えた。

「ほかに聞いたことがない習いごとですし、武家屋敷で腕を披露すれば喜ばれること請け合いですよ」

一斎も言う。

「茶会の菓子をつくれるというだけで、御殿奉公ができるかもしれません。三味線やお琴や生け花などは、もうあまたの娘さんがやっていますからね」

千代がいくらか身を乗り出して言った。

「なら、やってみようか」

音松はおはつの顔を見た。

「ええ、やりましょう」

おはつは乗り気で言った。

「こりゃあ、いい感じになってきたね」

隠居が笑みを浮かべた。

「来た甲斐がありましたよ」

一斎が満足げに残りの茶を呑み干した。

「お運びいただき、ありがたく存じました」

おはつが頭を下げた。

「娘さんたちに張り切ってお教えしますので」

音松の声が弾んだ。

五

娘たちが次に来たとき話をしてみたところ、みなぜひ習いたいと言ってくれた。次の午《うま》の日の八つ半（午後三時）からと時も決まった。あとは何を教えるかだ。

音松とおはつはのれんをしまってから思案した。

「木型を使う押しものはよしたほうがいいな」

音松は言った。

「武家屋敷に木型はないから」

と、おはつ。

「武家屋敷じゃなくても、普通の家に菓子の木型なんかはないよ」

おなみの背中をさすって寝かしつけながら、音松が言った。

「羊羹も力仕事だからむずかしいかも」

おはつが言った。

「そうだな。大鍋で煮て、型に流しこんで固まるのを待ってから切らなきゃならないから、娘さんの習いごとには向かない」

だんだん的が絞られてきた。

「若鮎はやろうと思えばできるかもしれないわね」

おはつがあごに手をやった。

「いや、鉄の板が要るから武家屋敷では無理そうだな」

音松はおなみの背から手を離した。

どうやら眠ったようだ。安らかな寝息が聞こえてくる。

「お団子やお餅は？」

おはつが問うた。

「搗《つ》くのに力が要るよ。まあ、そこだけ男手にやってもらうっていう手はあるけどね」

音松は答えた。

「そうすると、やっぱり……」

「練り切りだな」

音松が先んじて言った。

「言おうと思ったのに」

おはつが笑みを浮かべた。

「季節の花などを菓子で表した練り切りは、茶菓子にはうってつけだ。へらなどを巧みに使って鮮やかな練り切りをつくれるようになったら、武家屋敷に奉公に上がったときに重宝するかもしれない」

音松の声に力がこもった。

「じゃあ、次は何をつくるかね」

と、おはつ。

「暑さも峠を越えて、そろそろ秋が立つ。そういう季にふさわしい練り切りがいいな」

音松が言った。

「あんまりむずかしくない練り切りで」

と、おはつ。

「ただし、苦労もしないと技にはならないから」

そう答えたとき、音松の脳裏にある練り切りが浮かんだ。

あれなら秋らしい。

何を教えるか、考えがまとまった。

六

「わあ、これをつくるんですか？」

おすみの瞳が輝いた。

「こんなきれいなお菓子を」

おみよも瞬きをする。

「わたしにもつくれるかしら」

おたえは少し不安げだ。

音松が手本として示したのは、三色の紅葉《もみじ》の練り切りだった。

赤に黄に緑。色鮮やかな紅葉が見事に表されている。

「まずは味見から始めようか」

音松は笑顔で言った。

「お茶も運びますので」

おはつが声をかけた。

「はあい」

「じゃあ、さっそく」

「わたしは黄色で」

娘たちのにぎやかな声が響いた。

いつもは長床几だが、今日は学びの場だから、音松の話を聞きながら仕事場で味わうことになった。

「練り切りはまず生地づくりからだ。早く華やかな仕上げをやりたいだろうけど、まずは生地を覚えてもらわないと」

音松が言った。

「はい」

「気張って覚えます」

娘たちのいい声が響く。

ほどなく、おはつが茶を運んでいった。練り切りの紅葉を賞味しながら、音松の話を聞く。

「どの色の紅葉にも濃淡がついている。薄い色生地に白生地を貼りつけて伸ばし、餡を包んでまとめて手毬のような形にする。それを紅葉の形に仕上げていくわけだ」

音松はおおよその道筋を示した。

「本物の紅葉みたいで」

おすみが言った。

「こんなに大きくはないけど」

と、おみよ。

「餡が入っておいしい」

おたえが笑みを浮かべた。

「風を感じさせるような菓子にしないとね。練り切りはどれもそうだが」

音松はそう教えた。

「風、ですか？」

おすみが少しいぶかしげに問うた。

「そう。木にまだついている紅葉にも、地面に落ちた紅葉にも、風は必ず吹く。その風を感じるような練り切りを目指すんだ」

音松の声に力がこもった。

「たしかに、風が吹いてるみたい」

おすみが半ば食した紅葉をかざした。

「濃淡があるから、風が吹くのね」

おみよがうなずく。

「気張ってやります」

おたえがそう言って黄色い紅葉を噛んだ。

「苦くない？」

見守っていたおはつが気遣った。

赤は紅花、緑は蓬粉《よもぎこ》だが、黄色は鬱金《うこん》で出す。そのせいでいくらか苦みはある。

「ええ、餡が甘いのでちょうどいいです」

おたえは笑みを浮かべた。

ひとわたり味わってから、まずは生地づくりの学びに入った。

餅粉を水でこねるところから、練り切りの生地づくりは始まる。かたすぎても、やわらかすぎてもいけない。耳たぶくらいの加減がちょうどいい。

こねあがったら、火が通りやすいように薄くのばし、真ん中に穴を開けておく。

これに合わせるのは白こし餡だ。生餡と水と砂糖をまぜて鍋で炊く。手につかなくなるくらいまで、少しかために炊くのが勘どころだ。

もう一つ鍋を用い、餅をゆでる。火が通ってふわっと浮き上がってきたところで、すくい取って餡に加える。

「餅が熱いうちに餡に加えないと、なめらかな生地にならない。こうやって杓文字《しゃもじ》を使って……」

音松が手本を示した。

餅が白餡にしっかりまざるように、手際よく杓文字で練り合わせていく。その手元を、娘たちは食い入るように見つめていた。

ほどなく、巳之作が振り売りから戻ってきた。

「あっ、練り切りの生地づくりですか」

菓子づくりの腕は甘い若者が言う。

「ちょうどいい。おまえも入れ」

音松は声をかけた。

「教えるほうで？」

巳之作が訊く。

「馬鹿。教わるほうだ。おまえの練り切りは穴だらけだからな」

音松にそう言われたから、巳之作はうへえという顔つきになった。

生地づくりは、ここからも勘どころが続く。

ぬらしてしっかり絞ったさらしを敷き、生地がまだ熱いうちに裏ごしをするのが大事なところだ。だまが残ってしまうと舌ざわりが悪くなる。生地をなめらかにする裏ごしはどうしても通らねばならない関所のようなものだった。

「冷めるとこしにくくなるから、熱いうちにな」

手本を見せながら、音松が言った。

「それから、さらしを使ってもみこむんだ」

「あ、これならおいらも得意です」

巳之作が右手を挙げた。

「よし、やってみろ」

音松は若者にまかせた。

「しっかり、巳之作さん」

「気張って」

娘たちが声を送る。

根が明るいから、たちどころに打ち解けた。

さらしに包んでしっかりもみこむと、いい塩梅の粘りが出る。それから小分けにちぎり、粗熱が取れたところでまたさらしに包んでもみこむ。小さくしたほうが生地は冷めやすくなる。

「こんなもんですか」

巳之作が両手を打ち合わせた。

音松が仕上がりを見る。

「よし、いいだろう」

その言葉を聞いて、巳之作は大仰に胸に手をやった。

仕事場に和気が満ちる。

「次は色付けだ。蓬粉で緑の水をつくり、粉にまぜて色を付ける」

音松はまた手本を示した。

冷めるのを待っていては時がかかるため、あらかじめつくっておいた生地を用いた。緑の生地が四、白の生地が一の割りで、大小の毬をつくる。

さらに、餡の玉もつくっておく。小豆餡の炊き方はまたいずれの学びだ。

「さあ、ここからが見せ場ですね」

巳之作が言った。

「じゃあ、お手本を見せて」

「見たい見たい」

娘たちがうながす。

「なら、やってみろ。仕上げの前までだ」

音松が言った。

「は、はい、なら」

巳之作の表情が引き締まった。

みなが見守るなか、巳之作は指を動かしだした。

薄緑の生地を押し広げ、白生地をはりつけ、薄くのばしていく。そちらのほうが表になるように広げると餡を包み、また指でていねいに閉じていく。これで濃淡のついた手毬の出来上がりだ。

「いかがでしょう」

巳之作は音松に渡した。

「出来はまあまあだな。もう少し手際よくつくれ」

検分してから、音松は言った。

「へい、修業します」

巳之作はいくらか首をすくめた。

「よし、なら、同じやり方でやってみてください」

音松は娘たちに告げた。

「はあい」

「白が外側ね」

「逆だと見えないから」

娘たちはにぎやかに手を動かしはじめた。

「まあ、上手ね」

おたえがつくった手毬を見て、おはつが感心したように言った。

いろんな習いごとをこなしているおかげか、ほかの二人も初めてにしてはびっくりするほどうまい。

「巳之作よりうまいぞ」

音松がそう言ったから、若者がうへえという顔つきになった。

「よし、ここから仕上げだ」

はつねやのあるじは張りのある声で言った。

「まず、こういう道具を使う」

音松が示したのは、木の三角棒だった。

「わあ、初めて見た」

「三角になってるのね」

「これを使うんだ」

娘たちは興味津々だ。

「仕上がりを頭に描いて、六つの筋をつけていく。それぞれの間合いがおおよそ同じになるようにね」

手のひらに毬のような練り切りをのせ、音松は小気味よく手を動かしていった。

「なるほど」

「きれいに間合いが同じで」

娘たちが覗きこむ。

「ここからがむずかしい。ゆっくりやるから見ていて」

音松はそう言うと、いま筋で区切ったところを指でつまみ、先のほうを巧みにとがらせていった。

「わあ、紅葉になってきた」

おたえが声をあげた。

「ほんと、手妻《てづま》みたい」

おみよも目を瞠る。

そのとき、おなみがあいまいな声を発しながらおはつの帯をつかんだ。

「おなみちゃんも見たいの？」

母が訊く。

まだ話すことはできないが、どうやらそのようだ。

「なら、だっこしてあげるから、おとうの技を見て」

おはつはそう言って娘を抱き上げた。

「最後はこの道具だ」

音松は竹べらを示した。

「これで筋をつけるんですね？」

おすみが瞳を輝かせた。

「そのとおり。まず葉脈の筋を入れる」

音松は巧みに手を動かした。

母に抱っこされて見ていたおなみの顔がほころぶ。

「仕上げは、葉の周りのぎざぎざだ。これで風が吹く」

音松は器用に竹べらを操った。

「おいら、これが不得手で」

巳之作が言う。

「いくたびも繰り返せばうまくなるよ」

音松が言った。

「よし、できた」

ややあって、音松の手のひらに見事な紅葉が現れた。いまにも風に吹かれて揺れそうなさまだ。

「やってみたいです」

「こんなに上手にはできないと思うけど」

「でも、楽しそう」

娘たちが口々に言った。

「菓子づくりはしくじりながら覚えるものだからね。よし、では、一つずつつくってみよう」

音松は張りのある声で言った。

「はいっ」

娘たちの声がそろった。

第八章　松葉焼き

一

秋が立って間もないある日――。

はつねやののれんを一人の男がくぐってきた。

「まあ、義兄《にい》さん」

おはつが声をかけた。

「ご無沙汰だったな」

白い歯を見せたのは、田端村の正太郎だった。

「おう、竹《たけ》、達者そうだな」

長兄の正太郎は末弟の音松に向かって言った。

花月堂で修業をしたから「音」の一字を襲っているが、本名は竹松だ。兄はむろんその名で呼ぶ。

「どうにかね。ひと頃は閑古鳥が鳴いてたけど、だんだんにご常連やお得意先が増えてきて」

仕事場で手を動かしながら、音松が答えた。

「そりゃ何よりだ」

正太郎はそう言って、背に負うていた大きな嚢を下ろした。

「おとっつぁんもおっかさんも案じてたぜ。あとから梅《うめ》も来る。五重塔を拝んでからだって言ってな」

梅とは次兄の梅次郎のことだ。

本来なら三男は竹三郎《たけさぶろう》あたりになるところだが、松竹梅の残りの竹と松を取って竹松になった。父は正作で、母はおたみ。長兄は正の字を継いでいる。

「承知で」

若鮎を巻き終えた音松が答えた。

「梅と一緒に、いろんなものを持ってきてやったぜ」

長兄がそう言って、まず大きな徳利を取り出した。

「それはお酒で？」

おはつが問う。

「いや、中身は甘藷の水飴だ。前より甘《あめ》えぜ」

正太郎の日焼けした顔に笑みが浮かんだ。

「味見していいかい？」

音松が問うた。

「いいぜ」

正太郎は二つ返事で答えた。

ここで奥からおなみが出てきた。

「おっ、歩けるようになったのかい」

正太郎が歩み寄った。

「ええ。このあいだ歩いたと思ったら、もうずいぶんしっかりしてきて」

と、おはつ。

「でかくなったな。そのうち、おいらの子と遊べるようになるぜ」

正太郎が声をかけた。

次兄はまだだが長兄はすでに身を固めており、三つになる跡取り息子がいる。

「ほら、伯父《おじ》ちゃんだよ」

おはつが娘に言った。

ただし、出てきたのはいいものの、見慣れぬ男がいたせいか、おなみは急にあいまいな顔つきになってしまった。

「抱っこしたら泣いちまいそうだな」

正太郎は立ち止まって苦笑いを浮かべた。

「おっ、これはこくがあるね」

味見をした音松が言った。

甘藷から甘みだけを抽出するために、これまでさまざまなやり方を用いてきた。甘蔗《かんしょ》（さとうきび）からつくる砂糖に比べれば劣るが、わらべ向けの菓子ならこれでいい。

「だいぶ良くなっただろう？」

正太郎が笑みを浮かべる。

「ああ。さっそく使わせてもらうよ。ありがたいことで」

音松は軽く両手を合わせた。

「わたしにも味見を」

おはつが言った。

「小皿に取ったから、あとでおなみにも」

音松はそう言うと、若鮎を焼く支度に取りかかった。

「はい、承知で」

おはつは小皿を受け取り、まずはおのれの指にすくってなめてみた。

「どうだい。甘えだろう」

正太郎が自信ありげに言った。

「あっ、おいしい。甘いですね」

おはつが顔をほころばせた。

「おなみちゃんにも味見させてやってくれよ」

正太郎が言った。

「ええ。いまあげてみます」

おはつは娘のもとへ歩いた。

当時の子はだいぶ遅くまで乳を呑んでいたが、形がしっかり定まっていないものなら口に入れさせせられる。

「ほら、あーん」

おはつは匙ですくって娘の口に入れた。

みなが見守るなか、おなみは小さな口を動かした。

「おいしい？」

母が問う。

少し遅れて、おなみがにこっと笑ったから、はつねやに和気が満ちた。

二

いくらか経ってから、次兄の梅次郎が姿を現した。

こちらも重そうな嚢を背負っている。

「甘藷をたくさん持ってきてやったから、水飴はこっちでもつくりな」

正太郎が言った。

「なら、巳之作さんにやってもらおうかしら」

おはつが音松に言う。

「そうだな。いつも早めに湯屋へ行くから、仕事を増やしてやってもいいだろう」

音松は答えた。

「ただ、火にかけてじっくりやらなきゃいけねえところもあるし、あく抜きから始めたら二日くらいかかるぜ」

正太郎が言った。

「分かった。なら、力を合わせてやるよ。つくり方は前に教わったけど、甘藷のほかに麦の芽が要るな」

音松があごに軽く手をやった。

ていねいにあくを抜いた甘藷を蒸し、潰して湯を加えてお粥のようにする。だいぶ冷めたところで麦の芽を加えるのが勘どころだ。

これを弱火にかけ、三刻（約六時間）ほど煮ると、いい塩梅の甘みが出てくる。

このままではまだ水飴にはならない。粗い笊《ざる》と布を用い、漉しを二度入れてから煮詰めなければならない。

ていねいにあくを取りながら煮詰めれば、里の味がする甘藷水飴の出来上がりだ。

「ちゃんと持ってきてやったぜ」

　正太郎は袋を取り出した。

「おお、ありがたい」

　音松の表情がぱっと晴れた。

「まあ、何から何まで」

　おはつがすまなそうに言った。

「甘藷と三河島菜、それに、南瓜《かぼちゃ》や茄子も持ってきたから」

　梅次郎が言った。

「南瓜があるなら、ほうとうでも打つかな」

　音松が乗り気で言う。

　ほうとうは甲州の名物で、太めのこしのある麺だ。味噌仕立てで南瓜を入れるとことのほかうまい。

「そうね。油揚げもあるから」

　味をよく吸ってくれる油揚げも、ほうとうには欠かせない脇役だ。

「兄さんたちも食っていくかい？」

音松が水を向けた。

「いや、明日、深川の八幡様へお参りに行こうと思ってな」

正太郎が言った。

「今晩は横山町《よこやまちょう》あたりの旅籠《はたご》に泊まるつもりで」

梅次郎が和す。

「そうかい。なら、若鮎が焼きあがったら、それだけでも食っていってくれ」

音松が笑顔で言った。

「おう」

「そうするよ」

二人の兄が答えた。

若鮎が焼きあがるまでに、振り売りの巳之作が戻り、隠居の惣兵衛がやってきた。

たちまち打ち解け、話の花が咲く。

「こいつの名は？」

ひょこひょことやってきたきなこを指さして、正太郎がたずねた。

「きなこです。うちの福猫で」

おはつが答えた。

「そう言や、きなこ色だな。雄かい？」

今度は梅次郎が問う。

「いいえ、雌なんです。そのうち子を産むかと」

と、おはつ。

「何なら田端村に里子に出すよ」

音松が気の早いことを言った。

「福猫だったらもらうぜ」

「鼠を捕ってくれるしよ」

二人の兄が答えた。

「だんだん縁が広がるね」

隠居が温顔で言った。

そんな話をしているうちに、若鮎が焼きあがった。

「いまお茶をいれますので」

おはつがいそいそと支度を始めた。

「はい、お待ちで。ちょいと熱いよ」

焼きごてでかわいい顔とひれを巧みに焼き入れた音松は、できたところから若鮎を渡していった。

「おっ、ほかほかだな。いい香りだ」

正太郎が笑みを浮かべる。

「よし、頭からいっちまえ」

梅次郎ががぶりとかぶりついた。

「やっぱり、焼きたては格別だねえ」

隠居が相好を崩す。

「なんべん食ってもうまいっすね」

巳之作が弾んだ声をあげた。

「焼き加減もいいが、中の求肥がうめえな」

正太郎がほめる。

「こういう品をつくって出してたら、繁盛間違いなしだ」

梅次郎も太鼓判を捺《お》す。

「案じてたおとっつぁんとおっかさんもほっとするだろうよ」

正太郎がそう言って、残りの若鮎を胃の腑に落とした。

三

田端村の二人の兄が運んでくれた甘藷水飴は、わらべ向けの焼き菓子にした。

粉と水と水飴をこね、松葉の形に結んで天火《てんぴ》（当時のオーブンのような調理道具）で焼きあげる。

「焼き加減はこんなものかな」

音松が言った。

「なら、さっそく味見を」

巳之作が手を伸ばした。

これから秋の気配がだんだんに濃くなっていくから、冷やし汁粉はもう終いで、また大福餅の出番になる。ただし、季の変わり目がなかなかに悩ましい。できればつなぎのあきない物が欲しいところだ。

「わたしも一つ」

おはつもつまんだ。

「まあ、さくっと焼けてはいるな」

舌だめしをした音松がうなずいた。

「うーん……」

巳之作はいくらかあいまいな顔つきだ。

「どうだ？」

音松が訊く。

「もうちょっと甘いほうがいいかなあ」

若者は忌憚《きたん》なく言った。

「でも、噛んでるうちにじゅわっと甘みは伝わってくるよ」

味見をしながら、おはつが言う。

「甘藷水飴だけの甘みだから、地味ではあるな」

と、音松。

「お砂糖を振りかけたら、もっと甘くはなると思うけど」

おはつが言う。

「それだと経費《かかり》になるからな。卵黄だって使いたいのはやまやまなんだが」

音松が慎重に言った。

だいぶ値《あたい》は落ち着いてきたとはいえ、砂糖も卵もまだまだ高価だ。花月堂ののれん分けに近いかたちのはつねやは、幸いなことにどちらにもつてがある。とは言え、わらべ向けの菓子に使うわけにはいかない。

「わらべに売るんですよね？」

巳之作が問うた。

「いや、大人に買ってもらってもいいんだが」

音松が答える。

「でも、噛んでると甘藷の味は伝わってくるわね」

なおも味わいながら、おはつが言った。

「里の味がするよ」

田端村の農家に生まれた音松が笑みを浮かべた。

「わらべ向けなら、これでいいかも」

もう一つ味わいながら、巳之作が言った。

「つなぎの振り売りは、これでやってみるか？」

音松が水を向けた。

「ああ、いいですね。いくらで売ります？」

巳之作はたずねた。

「一つ一文でいいかしら」

おはつが言った。

「そうだな。わらべが使える銭はかぎられてるから」

と、音松。

「四つで四文っすね」

巳之作が指を四本立てた。

「四つも食べたら、おなかいっぱいになるわね」

おはつが帯に手をやる。

「なら、一つ一文で」

今度は人差し指を一本立てる。

「売り声も思案しておいてくれ」

音松が言った。

「承知で。あ、そうだ」

巳之作は両手を打ち合わせた。

「何か思いついた？」

おはつが訊く。

「あきなうのが松葉だから、松葉をかたどった目立つかぶりものをしてみたらどうかと思って」

巳之作は思いつきを口にした。

「唐辛子売りみたいなもんだな」

音松が笑みを浮かべた。

派手な赤い唐辛子のかぶりものをして調子よく売り歩く姿は、遠くからでも分かるほどだ。

「だったら、つくってみようかしら」

おはつは乗り気で言った。

「お願いします、おかみさん」

巳之作が笑顔で答えた。

四

えー、おいしいおいしい、松葉焼きー
ほんのり甘い、松葉焼きー
一つ一文、松葉焼きー……
谷中の町に売り声が響いた。
茶色い頭巾には、おはつが縫った大きな松葉が付いている。売り歩いているのは、もちろん巳之作だ。

おいしいおいしい、松葉焼きー……

わらべが喜ぶ、松葉焼きー……


巳之作はそんな口上を述べたが、真っ先に売れたのはわらべではなかった。はつねやに菓子づくりの習いごとに来た三人の娘たちだった。

「わあ、何それ」

「松葉がついてる」

「おっかしー」

「あきなってるのがお菓子だから」

娘たちが巳之作を取り囲んで口々に言ったから、急ににぎやかになった。

「食べてみて」

巳之作が竹で編んだ大きな籠から松葉を取り出した。

冷やし汁粉や大福餅に比べると、いたって軽いのは振り売りにはありがたい。

「ああ、いただきます」

「どれどれ」

「あとでお代を払うので」

娘たちの手が次々に伸びる。

「どうだい？」

巳之作はいくらか年若の娘たちに問うた。

「なんだかなつかしい味ね」

おすみが言った。

「うん。甘藷の味がほっこりする」

おみよが笑みを浮かべた。

「わらべには売れると思います」

おたえも言った。

「そうかい。なら、気張って売ってくるよ」

巳之作は白い歯を見せた。

「わたしたちも習いごと気張ってきます」

「今日は練り切りの梅なので」

「季は違うけど、楽しそう」

娘たちは弾んだ声で言った。

「そりゃ楽しみだね。なら、またあとで」

巳之作は明るく言って歩きだした。


おいしいおいしい、松葉焼きー……

わらべが喜ぶ、松葉焼きー……

一つ一文、松葉焼き……


調子のいい売り声を発しながら歩いていると、向こうからわらべが三人わらわらとやってきた。

「わあ、へんなのが来た」

「何売ってるの？」

気安く声をかける。

「松葉焼きっていう菓子だよ」

巳之作は足を止めて答えた。

「おいしいの？」

　わらべの一人が問う。

「そりゃおいしいさ。甘藷の水飴を使ってるから、ほんのりと甘いぞ。一つ一文だ。安いよ」

　巳之作はたたみかけるように言った。

「なら、一つちょうだい」

「おいらも」

「おいらも」

　手が次々に伸びた。

「よし、待ってな」

　と、荷を下ろしたとき、巳之作はしまったと思った。

　そこはあきないがたきの老舗、名月庵の前だった。伊勢屋と同じく、新参者のはつねやを快く思っていないということは漏れ伝わっている。

　とはいえ、これからあわてて場を移るわけにもいかなかった。もうわらべたちの手が伸びている。

「はい、一文な」

　素早く売って立ち去ろうとしたのだが、案に相違した。

「あ、さくっとしておいしい」

「もう一つちょうだい」

「おいらも」

　幸か不幸か、わらべたちに松葉焼きは好評だった。

「あっ、甘くなった」

「甘藷の味だ」

「はつねやってどこにあるの？」

　法被の背の文字を見て、いちばん背の高いわらべが訊いた。

「そこの路地を入ったところさ。ほかにもおいしい菓子がたんとあるから」

　巳之作は答えた。

　そんな按配で、なおしばらくわらべの相手をしてから、はつねやの振り売りはやっと歩きだした。

「なら、またな」

わらべたちに声をかけ、巳之作は歩きだした。

「うん、またね」

「おいしかった」

わらべたちが口々に言う。

巳之作は笑顔で右手を挙げ、売り声を発しながら去っていった。

その背を、のれんの陰から険のあるまなざしでじっと見送っていた者がいた。

それは、名月庵のおかみだった。

五

「うちの見世先で堂々とあきないをやってたんですから、いけすかないったらありゃしませんよ」

名月庵の奥座敷で、おかみのおかねが言った。

「あの振り売り、うちの前でも売り声をあげやがったんで、文句を言ったんですが」

伊勢屋のあるじの丑太郎が唇をゆがめて言った。

今日は大山講《おおやまこう》という名目の集まりだ。伊勢屋と名月庵、谷中感応寺門前の二つの老舗のあるじとおかみなどが集まり、いろいろと相談をするのが習わしとなっている。

「あのときは親分さんが出てきたんで、それきりになったんですが」

伊勢屋のおかみのおさだが少し悔しそうに言った。

「振り売りだけじゃありませんや。はつねやはうちの大事なお得意先の尼寺を取っていきましてね」

名月庵のあるじの甚之助《じんのすけ》が顔をしかめた。

「新参者は仁義ってものを心得てませんからな」

丑太郎が吐き捨てるように言う。

「そうそう、だから平気でうちのお得意さんを取ったりできるんですよ」

はつねやの菓子を食べたら腹を下すなどという勝手なことを言いふらし、尼僧の勘気に触れて仕事を失ったというのに、名月庵のおかみはすべてはつねやのせいにした。

「ただでさえ客が減ってるのに、割りこんでくる料簡が知れないね」

甚之助がそう言って、看板菓子の「名月」を口に運んだ。

白餡を包んで月に見立てた饅頭で、上品な味が好まれている。ただし、その銘菓につくり手の心までは表れていないようだ。

「追い出すわけにはいかないのかい、おとっつぁん」

跡取り息子の甚平《じんぺい》が言った。

菓子職人としての腕は甘く、仕事場にこもっているのも不得手なたちだ。血の気が多く、仲間には人相の悪い者もいる。

「追い出したいのはやまやまだがな」

名月を胃の腑に落としてから、甚之助が答えた。

「無理にのれんを外すわけにもいきませんからねえ」

伊勢屋のあるじが苦々しげに言った。

「火をつけたら、うちまで燃えちまうかもしれねえから」

名月庵の跡取り息子が剣呑なことを口走った。

「はやってなかったから、そのうちつぶれるかと思ったら」

おかみのおかねが言う。

「存外にしぶといねえ」

あるじの甚之助が憎々しげに言う。

「まあ、もう少し様子を見て、目に余るようなら何か手を打つことにしましょうか」

伊勢屋のあるじが言った。

「そうですな。上野黒門町の花月堂が後ろ盾なんで、あんまり荒っぽいこともできないのが困りものですが」

名月庵のあるじが答えた。

「まあ、これからも力を合わせてやっていきましょう」

「そうですな」

老舗のあるじたちの表情がやっといくらかやわらいだ。

第九章　かえり花一輪

一

一つの菓子がうまくいくと、もう一つの菓子につながることもある。練り切りなどはことにそうだ。桜がうまくいけば、椿や牡丹などもできる。いろいろと数珠つなぎになって、あでやかな花の数が増えていく。

しかし、このたびは練り切りではなかった。焼き菓子の松葉だった。田端村から届けてもらった甘藷水飴を使い、わらべ向けの小さな松葉をつくって振り売りをした。一つ一文と安いこともあって飛ぶように売れ、巳之作はいくたびも見世と町を行ったり来たりするほどだった。

「これだったら、大人向けの上等なお菓子にもなるんじゃないかしら。つくってみたらどう？」

おはつが水を向けた。

「そうだな。卵黄と砂糖を使えば、もっと甘くなるはずだ」

音松が乗り気で答えた。

「形も大きくしたほうがいいかも」

おはつが言う。

「値を上げないと元が取れないかもしれない。それなら、大ぶりにしたほうがいいだろうな」

音松は少し思案してから答えた。

そんなわけで、大人向けの松葉もつくることになった。

ちょうど菓子づくりの習いごとの娘たちが来たから、舌だめしをしてもらった。

「わあ、さくっとしてる」

おすみが笑みを浮かべた。

「わらべ向けよりずっと甘い」

おみよがうなずく。

「これは売れると思います」

おたえが太鼓判を捺した。

娘たちの評判は上々だった。

翌る日は花月堂の番頭の喜作がのれんをくぐってくれたから、さっそく舌だめしをしてもらった。

「うん、甘みがあっておいしいね」

喜作は笑みを浮かべた。

「焼き加減はいかがでしょう」

音松が問う。

「そのあたりは好みもあるけれど……もう少し焼きを入れたほうが香ばしいかもしれないね」

喜作はそう答えた。

「なるほど、そうしてみます」

花月堂の番頭の舌はたしかだ。音松はすぐさま答えた。

「焼き菓子は練り菓子より日保ちがするから、進物にもいいかもしれない」

喜作は言った。

「ああ、そうですね。なら、明日の休みに根津の親方さんのところへ行くつもりだったので、さっそく手土産に」

おはつが身ぶりをまじえた。

「孫の顔を見せがてらかい？」

番頭が訊く。

「ええ。ついでに根津権現にお参りしてこようかと」

おはつが答えた。

「では、松葉を手土産ということで」

音松が両手を軽く打ち合わせた。

二

「なら、留守番を頼むぞ」

音松は巳之作に声をかけた。

「へい、餡づくりはお任せで」

若者が調子よく二の腕をたたいた。

細工仕事は苦手だが、餡づくりなどの力仕事は心安んじて任せられる。

「きなこちゃんもね」

おはつが猫に声をかけた。

「よし、疲れたらおとうが抱っこしてやるからな。歩けるところだけ歩け」

音松がおなみに言った。

「休み休み行こうね」

おはつが笑みを浮かべる。

風呂敷包みの中身は、むろん焼き菓子の松葉だ。

「なら、行ってらっしゃいまし」

巳之作が白い歯を見せた。

留守番の若者に見送られて、三人ははつねやを出た。

路地を出るときは調子よく歩いていたおなみだが、早くも疲れたようで、急にあいまいな顔つきになってしまった。

「よしよし、無理するな」

音松が笑って娘を抱っこした。

そのままゆっくり歩いていく。まだ開いていない梅寿司の前を通って、三崎坂を下る。団子坂下で曲がり、根津のほうへ進む。

「ちょっと腕が痛くなってきたな」

音松は苦笑いを浮かべた。

「休むところはないわね」

と、おはつ。

「善助さんの屋台もまだ出てないだろうし」

音松が言う。

「このところは谷中寄りのところでわりと遅くまでやってるそうよ」

おはつが言った。

「なら、帰りに寄れたら寄ってみよう。……よし、あそこに猫がいるから、歩いていってみろ」

音松はおなみを下ろした。

いくらか離れたところで、雉猫が一匹、じっと様子をうかがっている。

「きゃっ、きゃっ」

言葉にならない声を発しながら、おなみは猫を追いかけはじめた。

雉猫があわてて逃げる。

「逃げちゃったね、猫さん」

おはつが笑った。

木型づくりの仕事場は根津権現の裏手だから、坂を上らなければならない。おなみの足ではまだ上れない坂だ。

「ちょっと休んでいくか」

音松は茶見世のほうを手で示した。

だんご
あまざけ

旗にはそう記されている。

「あら、かわいい」

茶見世のおかみがおなみを見て笑みを浮かべた。

「団子と甘酒で」

音松はそう言って長床几に腰を下ろした。

「わたしも同じものをお願いします」

おはつも続く。

「はいはい、承知しました」

おかみが愛想よく答えた。

ややあって運ばれてきた団子は、餡でもみたらしでもなかった。醬油を刷毛で塗りながら焼いた醬油団子だ。

「はい、お団子と甘酒でございます」

おかみが笑顔で言う。

「ああ、これはおいしそうですね」

「さっそくいただきます」

はつねやの二人が答えた。

「甘い団子ばかりつくってるせいか、たまにこういうのを食べるとうまいね」

音松が言った。

「そうね。昔ながらの焼き団子で」

と、おはつ。

「甘酒とも合う。これが渋い茶だったら、甘みが欲しくなるところだけど」

音松が言った。

「磯辺餅みたいに海苔を巻いてもおいしいかも」

おはつが思いつきを口にした。

「そうだな。なかには山葵《わさび》をつけて食べるところもあるらしい」

音松が教えた。

「へえ、そうなんだ。それなら、なおさら甘酒が恋しくなるわね」

おはつが答える。

そんな話をしていると、長床几にちょこんと座ったおなみが皿のほうに手を伸ばしてきた。

「お団子も甘酒もちょっとまだ早いわね。あとでお乳をあげるから」

おはつが言うと、分かったのかどうか、おなみは手を引っこめた。

甘酒にはおろし生姜もついていた。これをまぜると、ふしぎなことに甘みがかえって引き立つ。

「羊羹をつくるときに塩を入れるようなものだな、この生姜の役目は」

音松が言った。

「そうね。塩でかえって甘みが引き立つから。……ああ、ごちそうさま」

おはつは満足げに椀を置いた。

「よし、あと少し気張るか」

音松が二の腕をたたいた。

そして、おなみをひょいと持ち上げた。

三

「まあ、香ばしいわね」

おはつの母のおしづがびっくりしたような顔つきになった。

「さくっとしてるな」

木型づくりの親方の徳次郎がうなずく。

ちょうど一服するところだったらしく、お茶をいれ、手土産の松葉をみなで賞味することになった。

「こんなうまい菓子、食ったことないです」

跡取り息子の竜太郎が感に堪えたように言った。

「口の中でほろっと崩れてとろけます」

いちばん年若の信造も笑みを浮かべる。

「これ、駄目よ」

鑿に手を伸ばしたおなみに、おはつが言った。

お乳を呑んで機嫌を直したわらべの目には、とりどりにそろった仕事道具が面白く映るらしい。

「その道具を使って彫った木型で、おとうが押しものをつくってるんだぞ」

音松が教えた。

「そりゃ、まだちょっとむずかしいね」

親方が温顔で言ったから、仕事場に和気が漂った。

「それにしても、見るたびにしっかりしてくるわね」

おしづが頼もしそうに孫の顔を見た。

「もうだいぶ歩くようになりました」

音松が笑みを浮かべる。

「さっきも猫を追いかけてたくらいで」

と、おはつ。

「番頭さんに聞いたけれど、そちらの猫は達者で？」

徳次郎がたずねた。

「ええ、おかげさまで。看板猫をやってくれてます」

おはつが笑顔で答えた。

「雌なのでそのうち子を産むと思うんですが、一匹いかがでしょう」

音松が水を向けた。

「猫なら飼いたいです、親方」

信造がさっと手を挙げた。

「猫は好きなのかい」

竜太郎が問うた。

「へえ。里じゃ米を欠かしたことはあっても、猫を欠かしたことはねえくらいで」

相州寒川から来た弟弟子がそう答えたから、仕事場に笑いがわいた。

「だったら、おまえが世話をしな」

親方が言った。

「へえ、承知しました。ありがたく存じます」

猫好きの信造がぺこりと頭を下げた。

その後は新たな木型をいろいろ見せてもらった。

群れを成して飛ぶ雁《かり》などは、大小のつくり方が巧みだった。色合いに気をつけて押しものにすれば、さぞや映えるだろう。

「この菊はわたしが彫ったの」

おしづが木型を示した。

「わあ、大輪の菊ね」

おはつが瞬きをした。

「菊の押しものは蓮の次に寺方で出ますから」

音松も身を乗り出す。

「なら、番頭さんにそう言っておくよ。花月堂さんが良ければ、はつねやさんに回しておくれと」

親方がそう言ってくれた。

「ありがたく存じます」

「それは助かります」

はつねやの二人が頭を下げた。

「ほかに、何か木型の図で案はある？」

おしづがおはつに問うた。

「そうねえ……」

小首をかしげたおはつは、ちらりと娘のほうを見た。

物珍しそうに木型をながめている娘を見ているうち、ふと思いついた。

「波はどうかしら」

母に向かって言う。

「波？　おなみちゃんの波？」

おしづはけげんそうな顔つきになった。

「波だけじゃ、なんだかはっきりしないな」

と、音松。

「むずかしいわりに華がないかもしれないね」

徳次郎が首をひねった。

「あっ」

おはつが声をあげた。

いい図案が思い浮かんだのだ。

「波間に浮かぶ富士のお山ってどうかしら」

おはつは弾んだ声で言った。

「ほう。そりゃあいいかもしれないね」

親方が真っ先に言った。

「彫るのはむずかしいかもしれないけど」

おしづがあごに指をやった。

「娘さんの案で、孫の名にちなんでるんだから、学びを兼ねてぼつぼつ彫ってみたらどうだい」

徳次郎がおしづに言った。

「ぜひ彫って、おっかさん。多少しくじっても、うちで出すから」

おはつも言う。

「なら、やってみようかしら。仕事が終わってからだから、仕上がりはいつになるか分からないけど」

おしづはそう答えて笑みを浮かべた。

四

木型づくりの仕事場を出たはつねやの面々は、根津権現にお参りをした。

神頼みをしたいことは、たんとあった。

はつねやのみなが無事息災で暮らせますように。

おなみがこのままつつがなく育ってくれますように。

はつねやが繁盛しますように。

少しでもいい菓子がつくれますように。


音松とおはつは両手を合わせて長く祈った。

帰ろうとしたのだが、おなみが裏手のほうへとことこ歩いていったので、しばらく遊ばせることにした。

白い袴が凜々しい神官が箒で掃き清めていた。

「元気がいいですね」

おなみを見て笑顔で言う。

「歩きはじめたばかりなんですが」

おはつが笑みを返した。

「かわいい盛りですね」

神官が言う。

ちょうど日が濃くなり、樹木の色が鮮やかになった。

「これは桜ですね？」

音松が指さした。

「さようです。きれいな花を咲かせてくれます。昨年はかえり花もありました」

神官が穏やかな表情で答えた。

「季外《とき》れの花ですね？」

と、おはつ。

「ええ。盛りの花もいいですが、季ならぬ時分にけなげに咲かせてくれるかえり花も風情があっていいものです」

神官の言葉は音松の心にしみた。

たとえ盛りでなくても、季ならぬ時分であっても、咲く花はある。そのひそやかに咲くかえり花に、だれかが目をとめてくれる。

そう思った拍子に、ふと案が浮かんだ。

かえり花を菓子で表すことはできないだろうか。

それを食べれば、何か大切な思いもよみがえってくるような菓子を……。

その思いは、はつねやのあるじの心の中にすぐさましっかりと根を下ろした。

「ほら、そろそろ行くよ」

おはつがおなみに声をかけた。

「では、また」

音松は神官に向かって頭を下げた。

「お参り、ありがたく存じました」

神官も気持ちのいい礼を返した。

五

「おや、あれは……」

根津から谷中のほうへゆっくりと引き返していたとき、おはつが行く手を指さした。

「善助さんの屋台だね」

音松の顔がほころんだ。

また疲れたらしいおなみを抱っこし、いくらか足を速める。

団子坂に近いところで、善助は屋台の支度をしていた。いつのまにか、赤い提灯まで付いた立派な屋台になっている。

「おお、これはこれは、はつねやさん」

善助が気づいて声をあげた。

「ご無沙汰でした。今日は根津のおっかさんの仕事場へ行ってきたんです」

おはつが告げた。

「さようでしたか。ずっと抱っこで？」

善助は音松に問うた。

「いや、歩きたくなったようなら歩かせてました」

音松は笑顔で答えた。

「そうかい。大きくなったね」

善助はおなみに声をかけた。

人見知りをしたのか、おなみがいやいやをしたから、場に笑いがわいた。

「いま始めるところですか？」

音松が訊いた。

「ええ。今日の初物ですよ」

屋台の寿司屋のあるじが答えた。

「梅納豆巻きなどを出されてると聞きましたが、ずいぶん品数が増えてますね」

おはつが瞬きをした。

穴子の握りに玉子巻きに稲荷寿司。とりどりの寿司が並んでいる。うしろの莫蓙《ござ》の上には寿司飯の桶や寿司種の大皿が控えているから、注文があれば次々にこしらえられる。当時の寿司の屋台はあるじが座って握り、客が立って食すのが習わしだ。

「どうぞお好きなものを。お代は頂戴しますが」

初めてはつねやののれんをくぐってきたときとは見違えるような顔つきで、善助は答えた。

「なら、この大きな玉子巻きをいただきます」

おはつが指さした。

「へい、毎度あり」

善助は小皿に寿司を盛って差し出した。

「わたしは穴子を」

音松も続く。

「駄目よ。おまえはまだお乳だから」

寿司にさわろうとしたおなみを、おはつがすぐさまたしなめた。

「もっと大きくなったらな。……へい、お待ちで」

善助は穴子の握りを差し出した。

しっかりたれを塗った大ぶりの穴子寿司だ。当時はいまより一つ一つが大きいから、これで腹の足しになる。

「あっ、おいしい」

おはつが声をあげた。

厚く焼いた玉子焼きで酢飯を巻いた寿司だが、しっかり味がついていていてうまい。

「海苔も巻きこんであるんで」

善助が白い歯を見せた。

「ええ。それもおいしいです」

味わいながら、おはつが笑みを返す。

「穴子もふっくらしていてうまいですね」

音松が言った。

「梅寿司の厨で、わが手で焼いてから来たんですよ」

善助は二の腕を軽くたたいた。

「そうですか。気がこもった寿司ですね」

そう答えながら、音松は思った。

ここにも一輪、かえり花が咲いた。

季が巡れば、また美しい花を咲かせるだろう。

その色は、もう二度と褪せることはないだろう。

第十章　銘菓誕生

一

だんだんに秋が深まり、風が身にしむようになってきた。

あたたかい大福餅が恋しい季だ。

えー、大福餅はあったかいー
大福餅はいらんかねー……

巳之作の調子のいい売り声が谷中感応寺の門前町に響いた。

風は冷たくなってきたが、はつねやにはあたたかい気が漂っていた。

満で一歳半になったおなみがさらに成長して、とうとう言葉を発するようになったからだ。

もちろんまだむずかしいことはしゃべれないが、人にも分かる一語を口にすることができるようになった。

「きにゃこ」

おなみが最初に発した言葉は、猫の名前だった。

「いま、『きにゃこ』って言ったわね」

おはつが気づいて目をまるくした。

「きにゃこ」

きょとんとしている猫を指さして、おなみは再び言った。

「あっ、しゃべったのか」

菓子づくりの手を止めて、音松が出てきた。

「ええ、いま猫の名前を」

おはつが笑みを浮かべた。

「えらいぞ、おなみ」

父が抱っこしてほめると、娘は花のような笑顔になった。

その後は少しずつ言葉が増えてきた。

「おかし、きれい」

音松がつくった練り切りを指さし、そんなことまでしゃべれるようになった。

おなみの言葉が増えるにしたがって、はつねやに何とも言えないあたたかい気が漂うようになった。

二

「ああ、これはいい感じに仕上がったねえ」

はつねやの座敷で、隠居の惣兵衛が言った。

「本当はお月さまが上にならなきゃならないんですけどね」

おはつが笑みを浮かべた。

「いやいや、こうやってまんまるい月に兎が寄りかかっているほうが楽しいよ。食べるのがもったいないくらいだね」

そう言いながらも、隠居は匙を伸ばした。

音松は以前から、月と兎をあしらった菓子を思案してきた。なかなかうまくまとまらず、中秋の名月には間に合わなかったが、ようやく売り物にすることができた。

月はきなこ玉で、中に餡が入っている。その月に、愛らしい練り切りの兎が寄りかかっているという図柄だ。小首をかしげた兎の様子や耳の具合がむずかしかったが、やっと得心のいくものができた。

「娘さんたちもお気に召したようで」

おはつは仕事場のほうを手で示した。

おすみ、おみよ、おたえ。仲良しの三人組が習い事に来ている。稽古が始まる前に月見兎を出してみたところ、かわいい、かわいいの連呼になったものだ。

「そりゃあそうだよ。年寄りだって心が弾むんだから」

隠居がそう言って匙を動かした。

「お味はいかがです?」

おはつが問う。

「おいしいね。練り切りもきなこ玉も、ちょうどいい塩梅だ」

隠居が笑顔で答えたとき、仕事場のほうで歓声があがった。

習いごとは佳境に入ってきた。

菓子にはさまざまなものがあるが、ひとまずは練り切りに専念してもらうことにした。つくり方は同じだから、繰り返すたびに腕が上がる。

今回は桜だ。

桜色の生地に餡を包み、これから仕上げに入るところだった。

「では、例によってこれを使います」

音松は三角棒を示した。

「桜の花びらに見立てるわけですね」

おすみが言った。

「そのとおり。花びらは何枚?」

音松は娘たちに問うた。

「えーと、六枚?」

おたえが自信なさそうに言った。

「多くない?」

と、おみよ。

「正しくは、五枚だね」

音松は手のひらを開いて五本の指を示した。

「では、五つに区切るわけですね？」

おすみが問うた。

「そうだね。手本を見せるから」

音松は三角棒を巧みに動かしだした。

その手元を、三人の娘たちがのぞきこむ。

「こうやって五つに区切ったら……」

音松は道具を置くと、今度は指先で花びらの先になるところをつまんで引っ張り出しはじめた。

「だんだん花びらになってきた」

「わあ、きれい」

娘たちの瞳が輝く。

「ここでまた三角棒だ」

音松は道具を手にした。

「それぞれの花びらの真ん中に、浅い刻みを入れる。こうすると、桜の上品な花びらに見えるわけだ」

音松は手本を示した。

「わあ、ほんとですね」

「桜の花びらになった」

「浅く刻むのがむずかしそう」

娘たちはにぎやかだ。

「ここまでできたら、あとは花芯を飾るだけだね」

音松は花びらを木の板の上に置いた。

桜の花芯は黄色い生地を裏ごししたものを用いる。箸でつまんで花びらの芯に据えると、いっそう鮮やかな仕上がりになる。

「きれいな桜が咲きました」

おすみが満面の笑みで言った。

「では、やってみましょう」

音松も笑顔で応える。

「はいっ」

娘たちの声がそろった。

三

「しくじったら食べてあげるからね」

隠居が座敷から声をかけた。

「はあい」

「でも、先生にも持って帰らないと」

おたえが言った。

「寺子屋の林先生たちがお菓子好きなので」

おはつが笑みを浮かべた。

「そりゃ、いい土産になるね」

隠居が言った。

「おとついもご夫婦で見えて、月見兎を喜んで召し上がっていかれました」

おはつが告げた。

「そうかい。それは何よりだ」

惣兵衛はそう言って湯呑みを置いた。

ほどなく、巳之作が振り売りから帰ってきた。大福餅は首尾よく売り切れたらしい。

「さっそくだが、おまえも稽古だ」

音松が声をかけた。

「へい、承知で」

巳之作は両手をぱんと打ち合わせた。

娘たちにまじり、三角棒を動かす。

「あっ、いけねえ、刻みが深すぎた」

巳之作が声をあげる。

「しくじりは先生のおみやげにするから食べないでください」

おみよが言う。

「おいらのしくじりをおみやげにはできないね」

巳之作が笑う。

その後も和気藹々《あいあい》のうちに桜の練り切りづくりが続いた。

おなみもとことこと仕事場に入っていく。

「おかし？」

ひと言に約《つづ》めて訊く。

「そうよ。桜の花をつくってるの」

「春に咲く桜よ」

「分かるかな？」

娘たちがおなみに言った。

分かったのかどうか、おなみは声を発した。

「さくら」

その言葉を聞いて、はつねやにまた和気が漂った。

四

翌々日——。

はつねやの座敷で、二人の客が茶を呑んでいた。

一人は隠居の惣兵衛だが、もう一人は初顔だ。惣兵衛の古い知り合いで、俳諧師の中島杏村《なかじまきょうそん》という男だった。

「これは遊び心のある見立てですね」

隠居よりひと回りほど下の俳諧師が、月見兎を賞味しながら言った。

「味もいいだろう?」

隠居が訊く。

「ええ。お茶によく合います」

杏村は笑みを浮かべた。

そこで音松が出てきた。

「ようこそのお越しで。はつねやのあるじでございます。ぶしつけですが、俳諧の先生のお知恵を拝借したいことがございまして」

音松はそう切り出した。

「先生などという偉い者ではありませんので」

総髪の俳諧師が右手を振った。

「で、お知恵を拝借したいことって何だい？」

隠居が訊いた。

おはつはおなみの守りをしていた。

「まて、きにゃこ」

そう言いながら、娘は猫を追いかけていく。

いつも添い寝をする乳母みたいに情の濃い猫だが、さすがに追いかけられるのは勝手が違うようだ。

「先だって、根津権現の神官さんから、かえり花が咲くというお話をうかがったんです」

音松はそこから話しはじめた。

「冬の小春日和の日に、あまりのあたたかさに季を違《たが》えて咲く花のことですね？　なかなかに俳諧味のある言葉です」

　さすがに杏村は知っていた。

「ええ。そのかえり花を菓子にしようと思案しているのですが、まだこれはという案が思い浮かびませんで」

　音松はいくらか困り顔で言った。

「花びらだけだと、季の違いが分からないからねえ」

と、隠居。

「そうなんです。色合いの薄い桜や梅にしてみたりしたんですが、どうも『これだ』という感じにならないのです」

　菓子職人は答えた。

「それならば……」

　俳諧師はいくらか思案してから続けた。

「木の枝に、一輪だけ花が咲いている図をお菓子で表してみたらいかがでしょうか」

杏村は指を控えめに一本立てた。

「ああ、なるほど」

音松の頭の中に、霧が急にはれたかのようにくきやかに図が浮かんだ。

「そりゃあ、いいかもしれないね」

隠居がそう言って湯呑みを置いた。

「できそうですか？」

俳諧師が問うた。

「ええ、やってみます」

音松は気の入った声で答えた。

その後もしばらくよもやま話が続いた。

杏村は不忍池のほとりに住まいがあるから、谷中まではいささか歩くが、そのうち隠居もまじえてはつねやで句会を催せばどうかという話も出た。

「座敷が狭いので、大人数ではできませんが」

おなみを寝かしつけてきたおはつが申し訳なさそうに言った。

「少人数なら、見世の前の長床几でもできそうだね」

隠居が身ぶりをまじえて言った。

「どこかをお借りして、うちからお菓子を運んだりできればいいんですけどねえ」

おはつが言った。

「それも手だね。まあ、急ぐ話じゃないし、ゆっくり思案しようじゃないか」

隠居が笑みを浮かべた。

「句会でしたら、どこへでも足を運びますから」

俳諧師がそう言って、ひざをぽんとたたいた。

五

「ああ、この色合いの菊もよろしいですね」

仁明寺から来た大慈尼が笑みを浮かべた。

おはつの母のおしづが手がけた木型を使った押しものの菊だ。

「では、蓮に加えて、菊もおつくりしますので」

音松が笑みを浮かべた。

「そうしていただけるとありがたいです」

大慈尼が言った。

「檀家のみなさんもお喜びになられましょう」

今日も同行している泰明尼が両手を合わせる。

表のほうからにぎやかな声が聞こえてきた。

常連の三人娘だ。今日は習いごとではないが、菓子を食べにきてくれた。

その後は句会の場所の話になった。

仁明寺は尼寺だから、さすがに使えないが、あまたある谷中の寺のなかには本堂の隅を貸してくれるところもあるらしい。

「では、法事のお菓子をお届けにあがったときに、そのあたりのお話も」

音松が言った。

「ええ。ご紹介できると思いますので」

大慈尼が答えた。

「どうかよしなにお願いいたします」

おなみの手を引いたおはつが頭を下げた。

「よしなに？」

おなみが同じ言葉を返した。

「よろしゅうに、ってことよ」

母が教える。

「背が伸びて、歩けるようになって、言葉が増えて」

大慈尼がどこか唄うように言った。

「ほんに、いいことずくめですね」

泰明尼も穏やかな笑みを浮かべた。

だが……。

ここではつねやに漂っていた和気はだしぬけに陰った。

表で野太い声が響いたのだ。

六

「おう、邪魔するぜ」

娘たちに向かって声を発し、空いていた小さいほうの長床几に腰かけたのは、名月庵の跡取り息子の甚平だった。

「なんでえ、小町娘ばっかりじゃねえか」

そのつれの遊び人風の男が声をかけた。

かなり人相が悪く、額に向こう傷まである。

「何食ってんだい、安倍川餅か？」

甚平は気安く声をかけた。

娘たちは迷惑そうだ。

そこへ、天秤棒をかついだ巳之作が戻ってきた。

「うちのお客さんにちょっかいを出さないでください」

巳之作は気丈に言った。

「ちょっかいなんか出してねえぜ」

「こうやって、おめえから買った大福餅をここで食いだしたとこだ。文句を言われる筋合いはねえぜ」

甚平とつれが声を荒らげる。

ここで音松が出てきた。

「さ、中へ。お茶をいれ直すから」

音松は困っている娘たちに言った。

「行きましょう」

おすみがあとの二人に言った。

「はつねやはいいな。きれいな娘が来てよ」

甚平がねじくれたことを言った。

何か言い返そうとした巳之作に、音松は目配せをした。

ぐっとこらえて、娘たちを守るように見世に入る。

「おう、貸し切りになったぜ」

「おれらは客だからな」

「寝っ転がってやれ」

名月庵の跡取り息子は長床几の上で横になった。

「客が来るたびに、いらっしゃいって言ってやらあ」

向こう傷のあるつれが言う。

「そりゃいいな。寺方の客をうちから勝手に取りやがったんだからな」

甚平は憎々しげに言った。

「ふてえ料簡だな」

「新参者のくせによう」

老舗の跡取り息子が吐き捨てるように言ったとき、中から二人の尼僧が現れた。

「はつねやさんが勝手に取ったのではありませんよ。わたくしたちが名月庵を見限ったのです」

大慈尼が厳しい口調で言った。

「見限っただと？」

甚平の声が高くなった。

「そうです。はつねやさんのお菓子を食べたらおなかをこわすなどと、名月庵は根も葉もないことを言いふらしていましたね。それは仏の道に反する行いです。そういう見世を使うことはできかねますから、わたくしたちが得意先を改めたのです」

大慈尼が言った。

うしろで泰明尼がうなずく。

「けっ、仏の道と来やがった」

「線香臭くてたまんねえぜ」

人相の悪い男が蠅を払うようなしぐさをした。

「よその見世先で寝転がっていたら迷惑です。おのれの見世へ帰りなさい」

大慈尼はさとすように言った。

「おれは大福餅を買ってやったんだ」

甚平はそう言うと、残りの餅を胃の腑に落とした。

「おう、ここは客が座るとこじゃねえのかよ」

つれが大声で毒づいた。

路地から表通りにまで響くほどの声だ。

その声を耳にとめて、一人の男が姿を現した。

五重塔の十蔵親分だった。

七

「あんまり悪さばかりしてると、のれんを取り上げちまうからな」

十蔵親分は名月庵の跡取り息子に言った。

話のあらましを聞き、すぐさま呑みこんだ親分は、はつねやに迷惑をかけていた二人に凄味を利かせた。

「へ、へい、そりゃご勘弁を」

甚平は先ほどまでとうって変わってへどもどしはじめた。

「おめえも、悪さをしたらただじゃおかねえからな」

親分はつれに向かって言った。

「あ、相済まねえこって」

いかに向こう傷のある男でも、相手が五重塔の十蔵親分だと勝手が悪い。

「なら、二度とこの長床几には座るな。分かったか」

親分は芯のある声で言った。

「わ、分かりやした」

「どうかご勘弁を」

はつねやに嫌がらせに来た二人は、ほうほうのていで去っていった。その背を見送ると、十蔵親分はのれんをくぐった。

「ありがたく存じます、親分さん」

「おかげさまで、助かりました」

はつねやの二人が頭を下げた。

「おう。たちの悪いやつらだが、何かあったらおれに言ってくれ」

十蔵親分は笑みを浮かべた。

三人の娘と二人の尼が頼もしそうなまなざしを送る。

「承知しました。これは些少ですが……」

おはつが心付けを渡した。

「すまねえな。あきないでやってるわけじゃねえんだが」

そう言いながらも、親分はいなせなしぐさで心付けをさっとふところにしまった。

「お菓子も召し上がってくださいまし」

音松も身ぶりをまじえる。

「なら、鮎を一本くんな」

甘いもの好きな十手持ちが人差し指を立てた。

「はい、承知で」

おはつがすぐさま動く。

「しょうち」

おなみが同じ言葉を発する。

「おお、偉《えれ》えな」

十蔵親分は大きな手のひらでおなみの頭をなでた。

はつねやにまた和気がよみがえった。

八

「どうだい、これで」

音松が練り切りを手で示した。

「ああ、このほうが花が映えるかも」

おはつが答えた。

すでにのれんはしまっている。あたりは暗くなったが、仕事場には行灯がともっていた。

懸案のかえり花づくりに余念がなかった。こし餡をくるんだ練り切りをぼかし染めでつくるところから始めた。まず白と緑でこしらえてみたのだが、美しいことは美しいものの、これでは春の景色になってしまう。そこで、白と薄茶のぼかし染めに変えてみた。

「これなら冬の枯れ野の感じになるな」

音松はうなずいた。

「ここからどうするんです？」

湯屋から戻ってきた巳之作が問うた。

「葉が落ちた冬の木を表すんだ」

音松はへらを手に取った。

「やってみる？　巳之作さん」

おはつが水を向けた。

おなみはすでに寝ついた。いつものように、猫のきなこが乳母役だ。

「いえいえ、おいらじゃしくじりが目に見えてるんで」

巳之作はあわてて手を振った。

「よし、やってみるか」

音松は練り切りを手のひらに載せた。

ぐっと気を集め、へらを動かす。

枝をかたどった三つの線が入った。

「どうだ？」

音松はおはつに見せた。

「かえり花はどこに咲かせるの？」

おはつがたずねた。

「三つ目の枝の先のほうがいいかな」

少し思案してから、音松は答えた。

「それなら……ちょっと枝に勢いがありすぎるかも」

おはつは首をかしげた。

「なるほど。それもそうだな」

音松は素直に応じて、次の練り切りを手に取った。

ふっ、と息を吐き、もう一度気を集める。

「あっ、冬の木になった」

じっと見ていた巳之作が声をあげた。

「いいわね」

おはつも笑みを浮かべる。

「よし。次は花だ。どれが合うか」

音松はいったん練り切りを板の上に置いた。

花はすでにいくつかつくってあった。赤が鮮やかな梅と、より薄い桜。大きさもいろいろこしらえてある。

「うわ、これは大きすぎるな」

大きな梅をあしらってみた音松は苦笑いを浮かべた。

「こんなかえり花が咲いてたらびっくりするわね」

おはつも笑う。

「小さいほうが上品でしょう」

巳之作が言った。

「そうだな。これが合いそうだ」

音松は小ぶりな花びらをつまんだ。

おはつと巳之作が見守るなか、枝の先のほうに慎重に載せる。

「うわあ」

おはつが先に声をあげた。

「ぴったりですね」

巳之作が瞬きをした。

「咲いたな、かえり花が」

感慨をこめて、音松が言った。

梅と桜は甲乙つけがたかった。

「どっちもいいわね。絞らなくてもいいかも」

おはつが言った。

「なら、見世のお客さんには一対でお出しするか」

と、音松。

「そうね。きっと喜ばれると思う」

おはつが笑みを浮かべた。

「はつねやの新たな名物になりそうですね」

巳之作が弾んだ声で言った。

「そうだな。気を入れてつくろう」

音松の声に力がこもった。

九

かえり花の評判は上々だった。

法事の菓子を届けがてら、仁明寺の尼僧たちに舌だめしをしてもらったところ、ずいぶんとお褒めの言葉をもらった。

「これをいただくと、身のうちにほんのりと灯りがともったような心地がいたしますね」

住職の妙心尼の言葉は何よりありがたかった。

満足のいく菓子ができたので、次の休みの日、音松は花月堂に届けることにした。

「なら、行ってくるよ」

音松はおなみに言った。

今日は留守番だ。

「行ってらっしゃいって」

おはつがうながした。

「おとう」

おなみが呼びかける。

「ああ、おとうは師匠にお菓子を届けてくるから、いい子にしてるんだぞ」

音松は娘の頭をなでてやった。

上野黒門町の花月堂まで、雨に降られることもなく、滞りなく着いた。

さっそくかえり花を見せたところ、三代目音吉もおかみのおまさも目を瞠った。

「これはまた、いい姿になったねえ」

花月堂のあるじはそう言って瞬きをした。

「ほんに、練り切りの上にきれいな花が咲いて」

おまさも感に堪えたように言う。

「五組つくってまいりましたので、舌だめしもしてくださいまし」

音松は笑顔ですすめた。

「では、遠慮なく」

音吉が匙をのばした。おまさも続く。

「うん、ちょうどいい塩梅の練り切りだ」

「こし餡もおいしいですね」

花月堂の夫婦の評判は上々だった。

「ありがたく存じます」

音松はていねいに頭を下げた。

残りの三組は、番頭の喜作、跡取り息子の小吉、それに、十二歳のおひなが食べることになった。

「これは名物になりましょう」

喜作が太鼓判を捺した。

「うん、おいしい」

いずれ四代目音吉になる小吉がうなずく。

「おひなちゃんはどう？」

最後までもぐもぐと口を動かしていた娘に向かって、音松はたずねた。

「おいしい！」

娘は弾けるような笑顔で答えた。

終章　おのれの色

一

ある小春日和の日――。

はつねやに四人の男女が集まってきた。

隠居の惣兵衛に、俳諧師の中島杏村、それに寺子屋の往来堂を夫婦で営んでいる林一斎と千代だ。

はつねやに来た寺子屋の師匠たちに句会はどうかと水を向けたところ、休みの日ならと乗ってきた。もろもろの段取りが整い、いざ当日を迎えてみれば、幸いにもいい日和になった。

大人数の句会なら、仁明寺から紹介された寺の本堂を使うところだが、これだけならはつねやで足りる。

「では、谷中の景色の嘱目《しょくもく》で、それぞれ三句お願いいたします」

俳諧師が慣れた口調で言った。

「四人《よったり》だから十二句だね」

隠居が言った。

「時はどれくらいで？」

一斎がたずねた。

「あとの段取りもありますから、おおよそ一刻（約二時間）くらいで」

杏村が答えた。

「それだけあれば、なんとかなるかも」

千代が言った。

「そうだね。半刻だと気が急きそうだが」

一斎が胸に手をやった。

「せっかくだから、選句には、はつねやのお二人にも入ってもらいましょう」

俳諧師が言った。

「えっ、わたしもですか？」

おはつが驚いたように言った。

「俳諧は不調法で」

音松も後込《しりご》みをした。

「なに、遊びなんだから」

隠居が温顔で言った。

「十二句のうち、気に入った二句に点をつけてもらいます。いちばん多かった人が勝ちということで」

杏村が段取りを示した。

「勝ったらほうびの品が出たりするのかい？」

隠居がたずねた。

「そうですね。では、せっかくですから、はつねやさんの品で」

俳諧師は身ぶりをまじえた。

「押しものや練り切りでよろしいでしょうか」

音松が問うた。

「いいね」

隠居がすぐさま答えた。

「われわれも甘いものが好きですから」

一斎も続く。

段取りが進み、ほうびの品が決まった。

一番　鯛
二番　長寿菓子（双亀と落雁の鶴）
三番　かえり花
四番　松葉焼き

長寿菓子を先だって売り出したところなかなかに好評で、見世で味わう客もだんだんに増えてきた。

「では、気張ってまいりましょう」

俳諧師が言った。

「一番のほうびの鯛は、いまからつくりますので」

はつねやのあるじが二の腕をたたいた。

二

ちょうどその日は娘たちの習いごとも入っていた。大急ぎで鯛をつくると、音松は指南役に早変わりした。

「今日の練り切りは……」

音松は少し気を持たせてから続けた。

「いよいよ、かえり花をつくってみよう」

はつねやのあるじが言うと、すぐさま歓声があがった。

「わあ」

「やってみたかったんです」

「できるかしら」

三人の娘の声が仕事場に響いた。

大福餅を売り切って戻ってきた巳之作もまじえて、かえり花づくりが始まった。

練り切りをつくるまでは慣れたものだ。白と薄茶色に染め分けた品のいい練り切りがいくつもできた。

「さあ、ここからだ。冬の木の枝をこうやってうまく表すんだ」

音松は手本を見せた。

「わあ、むずかしそう」

おすみが言った。

「加減が肝心ね」

おみよがうなずく。

「やさしくやらないと」

おたえも和した。

「あっ、いけねえ」

巳之作がさっそくしくじった。

練り切りの上に表されたのは、木の枝というより幹に近かったから、ひとしきり笑いの花が咲いた。

「花もなるたけ小さくな」

音松が言った。

ここでも巳之作は不出来だった。

「おまえのは梅じゃなくて椿だな」

音松はげんなりしたような顔つきになった。

「へえ、腕が甘くて」

巳之作は髷に手をやった。

娘たちがつくったものは、さすがに売りものには及ばないものの、どれもさまになっていた。

「まあ、どれもかえり花に見えるわね」

おはつが笑顔で言った。

「よかった」

「むずかしかったけど」

「腕が上がったような気がする」

娘たちは満足げに答えた。

三

習いごとが終わってほどなく、句会の四人が戻ってきた。

「いやあ、一刻って存外に短いね」

隠居が言った。

「なんだかあっと言う間でした」

千代が笑みを浮かべた。

「かえり花が咲いてましたよ」

総髪の俳諧師が白い歯を見せた。

「まあ、ちょうど良かったですね」

おはつが笑みを浮かべる。

「さっそく詠ませていただきました」

一斎が言った。

「それを言うと、だれの句か分かってしまうよ」

と、隠居。

「ああ、そうですね。でも、かえり花の句が多くなるでしょう」

杏村が言った。

俳諧師が行っている句会の段取りは、次のようなものだった。

三枚の短冊に一句ずつ句を記し、袋に入れる。それを杏村が一枚の紙に清記する。回ってきた紙には十二句が記されている。選者はそのなかから気に入った句を二つ選び、印を付ける。印がいちばん多かった句の作者が勝ちになる。

連句がもっぱらだった当時としては、いたって物珍しく、斬新なやり方だった。

「お待たせいたしました。清記が終わりました」

杏村は紙をかざした。

無駄に凝ってはいない清々しい筆跡で、十二の句が記されている。

それは、こう読み取ることができた。

石段の一つ一つに枯葉あり

寺方の壁の上なるかへり花
かへり花ぽつんと一つ日のごとく
かへり花おのれの色を輝かす
猫行くや落ち葉を踏んでまた踏んで
名刹も古刹も同じ冬の門
どこよりかわらべの声やかへり花
冬の日を受けて尼僧の頭巾かな
枯木あり墓石もあつて谷中かな
ありがたし江戸の谷中のかへり花
模様あり小春日和の猫の背に
墓石の並ぶ町にもかへり花

「では、はつねやのお二人もまじえて、選句に移らせていただきます。もちろん、自作に点を入れるのはご法度ですので」

俳諧師は笑みを浮かべた。

「それだと遊びにならないからね」

と、隠居。

「ならば、一斎先生から順に選んでいただきましょう」

杏村は身ぶりをまじえた。

「はい、承知しました」

林一斎が右手を挙げた。

「どうしよう、おまえさん」

おはつが小声で音松に言った。

「気に入った句を選べばいいさ。どうせ勝ってもうちの押しものの鯛なんだし」

音松も声をひそめて答える。

「そうね」

おはつは笑みを浮かべた。

勝ってもうちの押しものの鯛――そう考えると、重く感じられた荷が急に軽くなったかのようだった。

選句は進み、最後におはつの番が回ってきた。

すでにいくつもの句に点が入っている。二点入っている句も二つあった。

「うーん、どうしよう……」

おはつは迷った。

「お好きな句を選んでいただければと」

杏村が穏やかな声音で言った。

「分かりました」

おはつは肚をくくった。

まず一句目に点をつけた。

　模様あり小春日和の猫の背に

一点も入っていなかったが、おはつの琴線に触れた。べつの猫を詠んだ句だろうが、きなこの背中にも薄い縞模様がある。

もう一句は、二点句のうちの一つだった。これに点を入れると勝ちになってしまうが、その句がいちばん好きだった。

かへり花おのれの色を輝かす

ぽつんと一つ咲いてしまった、季ならぬかえり花。人の生にも似た儚いたたずまいだが、それでも花は懸命に咲いている。おのれの色を輝かせている。

そのけなげなさまが胸に迫った。

「終わりました」

おはつは笑みを浮かべた。

「ありがたく存じました。では、披講に移りましょう」

俳諧師が段取りを進めた。

一点句から順に、作者が名乗りを上げ、俳諧師が講評を述べる。それについて、みなで話し合う。ざっとそういう進め方だ。

猫の背の句は、宗匠の杏村の作だった。

「見たとおりの句で、お恥ずかしいかぎりです」

俳諧師は笑みを浮かべた。

「では、二点句にまいりましょう。『かへり花ぽつんと一つ日のごとく』。これはどなたの句でしょう」

音松がおはつに目配せをした。どうやら点を入れたらしい。

たしかに、おはつも心が動いた。

お菓子のほうのかえり花にぽつんと付いている梅や桜の花が目に浮かんだ。

「……惣兵衛」

隠居が見得を切るように名乗りを上げた。

「さすが、ご隠居さん」

おはつが笑みを浮かべた。

「長寿菓子はわたしのいただきだね。ははは」

隠居は上機嫌で言った。

「ご隠居さんにふさわしいです」

千代のほおにえくぼが浮かんだ。

「素直な見立てですが、余分な言葉がなく、句のたたずまいもいたってすっきりしていますね」

杏村が評を述べた。

「ありがたく存じます」

隠居が頭を下げた。

「では、ただ一つの三点句。本日の勝ちを収めた句です。『かへり花おのれの色を輝かす』。これはどなたの句でしょうか」

俳諧師の声がいくぶん高くなった。

「はい。千代でございます」

千代が右手を挙げた。

「おや、女房の句を選んでしまったよ」

一斎がそう言ったから、はつねやに和気が満ちた。

「わたしも選びました」

おはつが言った。

「もう一人はわたしです。花の色が見えましたから」

杏村が笑みを浮かべた。

「これは見たままかい？」

一斎がたずねた。

「見たままと言えば見たままだけど、思い浮かんだのは教え子たちの顔なの」

千代が答えた。

「ああ、みなそれぞれのおのれの色を持っているからね」

隠居がうなずいた。

「その色を輝かしていってもらいたいという願いもこめて」

千代は言った。

「なるほど、思いのこもった句ですね。どの子もおのれの色を輝かせながら育っていってほしいものです」

情のこもった声で、杏村は言った。

ほどなく、残念ながら点が入らなかった句まで作者が名乗り、ひとわたり講評が終わった。

句会の結果は次のとおりだった。

石段の一つ一つに枯葉あり　　一斎

寺方の壁の上なるかへり花　杏村

かへり花ぽつんと一つ日のごとく　惣兵衛　二点（計四点、二番）
かへり花おのれの色を輝かす　千代　三点（計五点、一番）
猫行くや落ち葉を踏んでまた踏んで　千代　一点
名刹も古刹も同じ冬の門　杏村　一点（計二点、三番）
どこよりかわらべの声やかへり花　千代　一点
冬の日を受けて尼僧の頭巾かな　一斎　一点（計一点、四番）
枯木あり墓石もあつて谷中かな　惣兵衛　一点
ありがたし江戸の谷中のかへり花　惣兵衛　一点
模様あり小春日和の猫の背に　杏村　一点
墓石の並ぶ町にもかへり花　一斎

「では、ほうびの品でございます」

音松が笑顔で運んでいった。

「まず四番の一斎先生には松葉焼きを」

おはつが包みを渡す。

「これは好物なので」

一斎が笑みを浮かべて受け取った。

「三番の杏村先生には、かえり花でございます」

続いて、宗匠の手にほうびの品が渡った。

「ありがたく味わわせていただきます」

杏村が一礼した。

「二番のご隠居さんには双亀と鶴の長寿菓子を」

おはつが包みを渡す。

「こりゃありがたい。今夜の酒の肴はこれだね」

隠居が戯れ言を飛ばした。

「では、ささやかながら、一番の品です」

音松は鯛の押しものを示した。

「これは見事な鯛ですね。ありがたく存じます」

千代が笑顔で頭を下げた。

「いまお包みしますので」

おはつも笑みを返した。

四

翌日のはつねやは休みだった。

巳之作は朋輩と遊びに行った。菓子づくりの腕は甘いが、いつも振り売りを気張ってくれているから、たまには羽を伸ばしてもらわなければならない。

音松とおはつはおなみをつれて、ある場所に向かうことにした。

「じゃあ、お留守番ね」

前足をきちんとそろえてお見送りのきなこに向かって、おはつは言った。

「おるすばん」

おなみがそう言ったから、場に和気が漂った。

はつねやを出た三人は、仁明寺のほうへ向かった。

「ここは抱っこしてあげよう」

坂道に差しかかったところで、音松はおなみをひょいと持ち上げた。

「あっ、あれね」

おはつが行く手を指さした。

尼寺の横手の坂に桜の木が植わっていた。その枝の先に、ぽつんと一つ、ほのかに紅いかえり花が咲いている。

「けなげだな」

音松が立ち止まった。

「ほら、おなみちゃん。桜の花だよ。こんな冬にも気張って咲くお花もあるんだよ」

おはつが言った。

「おのれの色だな」

音松がしみじみと言った。

「おなみちゃんも、ああやっておのれの色を輝かせていくの」

おはつはかえり花を指さした。

「ちょっとまだむずかしいな」

音松は笑みを浮かべた。

谷中の坂道に風が吹く。

その風を受けて、かえり花が、ふる、と揺れた。

「ああ、散らなかった。よかった」

おはつが胸に手をやった。

「おはな、きれい」

おなみが手を伸ばした。

「春になったら、もっとたくさん咲くからね」

おはつが言う。

「手のひらにたくさん積もるぞ」

音松が笑顔で言った。

通じたのかどうか、ぽつんと咲いたかえり花をながめながら、おなみは楽しそうに笑った。

［参考文献一覧］

仲實『プロのためのわかりやすい和菓子』（柴田書店）
中山圭子『事典 和菓子の世界 増補改訂版』（岩波書店）
『復元・江戸情報地図』（朝日新聞社）
日置英剛編『新・国史大年表 六』（国書刊行会）
三谷一馬『彩色江戸物売図絵』（中公文庫）
市古夏生・鈴木健一校訂『新訂 江戸名所図会五』（ちくま学芸文庫）

（ウェブサイト）
上生菓子図鑑
くらさか風月堂（フェイスブック）
和菓子の基本
江戸名所図会

農畜産業振興機構
つくる楽しみ
ＫＩＪＩＤＡＳＵ！【江戸時代を学ぶ】
すし乃池
菓子木型の世界　木型工房　市原
江戸御府内千社参詣
旅するミシン店

この作品は書き下ろしです。

かえり花《ばな》

お江戸甘味処《えどかんみどころ》　谷中《やなか》はつねや

倉阪鬼一郎《くらさかきいちろう》

令和2年6月15日　初版発行

発行人――石原正康
編集人――高部真人
発行所――株式会社幻冬舎
〒151-0051東京都渋谷区千駄ヶ谷4-9-7
電話　03(5411)6222(営業)
　　　03(5411)6211(編集)
　　振替00120-8-767643
印刷・製本―中央精版印刷株式会社
装丁者――高橋雅之

幻冬舎時代小説文庫

ISBN978-4-344-42994-9　C0193　く-2-7

幻冬舎ホームページアドレス　https://www.gentosha.co.jp/
この本に関するご意見・ご感想をメールでお寄せいただく場合は、
comment@gentosha.co.jpまで。